AF603347

5 février 1894

Collection d'objets d'art japonais

Collection P. B.

VENTE

Les 5 et 6 Février 1894, à L'HOTEL DROUOT

PARIS

5 Fevrier 1834

CATALOGUE

C. MARPON ET E. FLAMMARION, RUE RACINE, 26.

CATALOGUE

D'UNE COLLECTION

D'OBJETS D'ART

JAPONAIS

GARDES DE SABRE, KODZOUKAS, BOUTS ET ANNEAUX
MÉNOUKIS, NETZOUKÉS,
INROS, CÉRAMIQUE ANCIENNE, PEINTURES, ESTAMPES, ETC.

RÉUNIE DURANT SON SÉJOUR AU JAPON

PAR M. P. B.

LA VENTE EN SERA FAITE

A L'HOTEL DROUOT, SALLE N° 10

Les Lundi 5 et Mardi 6 février 1894

A DEUX HEURES PRÉCISES

Par le Ministère de Me MAURICE DELESTRE, Commissaire-priseur
27, rue Drouot.

Avec l'assistance de M. ERNEST LEROUX, Expert
28, rue Bonaparte.

EXPOSITION PUBLIQUE A L'HOTEL DROUOT
Le Dimanche 4 Février, de 2 h. à 5 heures.

PARIS
ERNEST LEROUX, ÉDITEUR
28, RUE BONAPARTE, 28

Lorsque, sous Louis XIV, la compagnie des Indes apportait en France les produits de la Chine et, de temps en temps, grâce aux Hollandais, quelques-uns de ceux du Japon, il était de bon goût (c'était celui du Roi) de flétrir des noms de *plaisantes curiosités*, de *magots amusants* les œuvres d'art de ces pays que notre orgueil se plaisait à regarder comme barbares.

A notre époque, on ne traite plus cavalièrement un art admirable de sens décoratif et charmant d'esprit. Et l'on comprend, non sans quelque indulgence, pourquoi les peintures, les statues, les laques et la céramique de l'Extrême-Orient devaient être incomprises en leur naturel parfait, en leur exquise simplicité, des hommes du XVIIe siècle, imbus d'un art compassé, non sans grandeur parfois, mais trop souvent lourd et prétentieux.

Bien plus, comme si l'on voulait réparer l'injustice ancienne, on se jette avec avidité sur les productions des deux empires de l'Est, principalement sur celles du pays du *Soleil levant.*

Ce n'est que justice en effet. Les maîtres japonais ont cultivé, soigné, développé toutes les branches de l'art jusqu'en leurs ramilles les plus splendidement ou les plus délicatement fleuries. Ce sont ces fleurs que nous présentons à un public, qui sait maintenant les apprécier à leur valeur, ayant joui de leur parfum.

TABLE

ORDRE DES VACATIONS

Lundi, 5 Février : N°s 413 à 420 — 357 à 412 — 83 à 175
195 à 200 — 208 à 227 — 251 à 292
315 à 330 — 446 à 475 *bis*.

Mardi, 6 Février : N°s 421 à 442 *bis* — 1 à 82 — 176 à 194
201 à 207 — 228 à 250 — 293 à 314
331 à 356 — 443 à 445 — 476 à 498

CONDITIONS DE LA VENTE

La vente sera faite au comptant.

Les adjudicataires paieront 5 p. 100 en sus des enchères, applicables aux frais.

M. Ernest Leroux se chargera des commissions des personnes qui ne pourront assister à la vente.

GARDES DE SABRE

GARDES DE SABRE DU XVe SIÈCLE

1 — Deux paires de gardes en fer, ciselées, légèrement incrustées d'or, représentant des paysages et marines.
Signées : Kanéïyé, de Foushimi Yamashiro.

(Les gardes qui suivent jusqu'au n° 9 sont signées de ce même artiste).

2 — Deux gardes en fer, ciselées, incrustées de divers métaux. Première : personnage debout sur les flots de la mer; deuxième : personnage dans un bateau.

3 — Deux gardes en fer, ciselées, incrustées d'or et d'argent. Première : liserons ; deuxième : paysage au clair de la lune, un pêcheur à la ligne dans un bateau.

4 — Deux gardes en fer, ciselées. Première : un éventail fermé, en bronze incrusté; deuxième : incrustée de points d'or et d'argent, un personnage debout sur les flots de la mer.

5 — Deux gardes en fer, ciselées, légèrement incrustées d'or et d'argent. Première : de forme carrée, les coins repliés et roulés, un paysage; deuxième : octogonale, un oiseau sur un rocher au bord de la mer.

6 — Deux gardes en fer, ciselées, incrustées d'or. Première : paysage au bord de la mer, pêcheur à la ligne; deuxième : de forme ovale, hérons dans les roseaux.

7 — Deux gardes en fer, ciselées, incrustées d'or. Première : Senin assis au pied d'un arbre faisant naître un homme de son souffle; deuxième : Senin au crapaud.

8 — Garde en fer, ciselée, de grande dimension. Les flots de la mer viennent battre la base du Foudjiyama, le sommet de la montagne est fait d'argent incrusté.

9 — Garde en fer, de grande dimension, ciselée et incrustée d'or Shôki accroupi près d'un arbre en fleurs.

10 — Deux gardes en fer, ciselées, incrustées d'or et d'argent. Première : un buffle se ruant, tête baissée, contre un arbre; deuxième : personnages près d'un arbre en fleurs.

Première : attribuée à KANÉÏYÉ; deuxième, *signée :* KANÉSADA, de Foudjihara, Yamashiro

GARDES DE SABRES DU XVIe SIÈCLE

11 — Paire de gardes, ciselées à jour dans un cercle. Dragons.

Signées : Kinaï, d'Etchizen.

12 — Deux gardes en fer, ciselées, incrustées d'or et d'argent. Première : personnages regardant une cascade, deuxième : paysage maritime.

Signées : Kanéiyé, de Foushimi Yamashiro.

13 — Deux gardes en fer, ciselées à jour dans un cercle. Première : le mont Foudji entouré de nuages et un oiseau fantastique; deuxième : feuilles et flots.

Signées : Kinaï, d'Etchizen.

14 — Deux gardes en fer, incrustées de sentokou : Première : six mons découpés et ciselés, entourés de feuilles, incrustées; deuxième, ciselée et découpée d'une fleur entourée de feuilles en sentokou, incrustée.

Première, *signée :* Nagayoshi, de Yamashiro ; deuxième : Oumétada.

15 — Garde en fer, ciselée, incrustée d'or et d'argent. Sur une face, personnage immobile au bord d'un ruisseau; sur l'autre, un pêcheur à la ligne.

Signée : Kanéïyé, de Foushimi Yamashiro.

16 — Deux gardes en fer, ciselées à jour dans un cercle. Des coquillages.
Signées : Kinaï, d'Etchizen.

17 — Paire de gardes, de petite dimension, fond de carrelage gravé, découpées à la scie. Première : d'une tortue; deuxième : deux gourdes.
Signées : Nobouïyé.

18 — Paire de gardes, cerclées, ciselées à jour de dragons.
Signées : Kinaï, d'Etchizen.

19 — Garde en fer plein, de forme carrée, les coins repliés et roulés, gravée au burin. Feuilles et fruits.
Signée : Nobouiïé.

20 — Deux gardes en fer. Première : de forme octogonale, à coins rentrants, décorée à jour d'un dragon; deuxième : ronde, même sujet que la précédente.
Signées : Kinaï, d'Etchizen.

21 — Deux gardes en fer plein. Première : de forme carrée, ornée de fleurs de pruniers; deuxième : en fer martelé, gravée de caractères, la signature est en or plaqué.
Signées : Nobouïyé.

22 — Paire de gardes en fer, cerclées, décorées à jour de dragons.
Signées : Kinaï, d'Etchizen.

GARDES DE SABRE DU XVIIe SIÈCLE

23 — Deux gardes en fer plein, ciselées, incrustées de divers métaux. Première : poisson, pieuvre et coquillages; deuxième : personnage assis sous un arbre au bord de l'eau.

Première, *signée :* Iwamoto Konkwan; deuxième : Nobouïyé.

24 — Paire de gardes en fer, cerclées, découpées et ciselées. Objets de harnachements.

Signées : Kinaï, d'Etchizen.

25 — Paire de gardes en fer, ciselées en demi-relief, rehaussées d'or. Dragons dans les nuages.

Signées : Jiakoushi.

26 — Paire de gardes en fer, découpées et ciselées. Dauphins affrontés.

Signées : Kinaï, d'Etchizen.

27 — Deux gardes en fer. Première : découpée à la scie, représentant un arbre, une voiture et divers autres objets; deuxième : libellule et fleurs.

Première, *signée :* Mitsounobou; deuxième : Tadatsougou.

28 — Deux gardes en fer. Première : ciselée et incrustée

de divers métaux, lièvre et divers sujets; deuxième : gravée d'un genre de carrelage, la signature est d'or, incrustée.

Cette dernière est *signée :* Oumétada.

29 — Paire de gardes ciselées à jour. Dragons dans les nuages.

Signées : Kinaï, d'Etchizen.

30 — Garde en fer plein, ciselée, incrustée d'or. Senin créant de son souffle un petit personnage que l'on voit sur l'autre face.

Signée : Sankitsou.

31 — Deux gardes en fer. Première : ciselée et incrustée, sorte de natte tressée avec fleur d'or à l'entour; deuxième : ciselée à jour d'un dragon.

Signées : Oumétada.

32 — Deux gardes en fer, ciselées, incrustées de fils d'or, feuilles et fleurs.

Première, *signée :* Tomokata, de Chioshiu; deuxième : Kinaï, d'Etchizen.

33 — Deux gardes en fer, ciselées en haut relief. Première : rehaussée d'or, un lion de Corée grimpant sur un rocher, près d'une cascade que l'on voit encore sur l'autre face; deuxième : sur une face un tigre, sur l'autre des montagnes.

Première, *signée :* Bounshïn; deuxième : Massahissa, de Boushiu.

34 — Paire de gardes en fer, à rehauts d'or, partiellement ajourées et ciselées. Dragons dans les nuages.
Signées : JIAKOUSHI.

35 — Deux paires de gardes en fer, découpées et ciselées, incrustées de fils d'or. Feuilles et fleurs de prunier.
Signées : MASSAKATA, de Boushiu.

36 — Paire de gardes en fer, ciselées à jour dans un cercle. Dragons.
Signées : KINAÏ, d'Etchizen.

37 — Deux gardes en fer, découpées et ciselées à jour. Première : à rehauts d'or, dragons affrontés ; deuxième : dragons dans les nuages.

38 — Deux gardes en fer, ciselées, incrustées de divers métaux. Première : paysage avec personnages ; deuxième : Foukourokou-djin et sa grue près d'un arbre en fleurs.
La première est *signée :* MITSOUTOSHI.

39 — Garde en fer, découpée et ciselée dans un cercle. Tigre bravant un dragon (pièce d'une vigoureuse exécution).
Signée : MOKARASHI, NIUDO, SOTEN, de Koshiu Hikoné.

40 — Deux gardes en fer, ciselées, incrustées de métaux divers. Première : ornée de paysages finement traités, lac dans les montagnes et barques avec personnages ;

deuxième : sur une face, paysages avec personnages; sur l'autre, bateaux de pêche en pleine mer.

Première, *signée :* Jiakoushi; deuxième : Motoyoshi.

41 — Paire de gardes en fer, découpées et ciselées dans un cercle. Première : un érable, dont les branches font le tour de la garde; deuxième : un pin.

Signées : Kinaï, d'Etchizen.

42 — Paire de gardes en fer plein, ciselées à rehauts d'or. Dragons dans les nuages.

Signées : Jiakoushi.

43 — Deux paires de gardes en fer, découpées et ciselées, incrustées de fils d'or. Feuilles et fleurs de prunier.

Première, *signée :* Massataka, de Boushiu; deuxième : Massasada, de Choshiu.

44 — Garde en fer, découpée et ciselée, feuilles et fleurs de chrysanthèmes.

Signée : Hissataké, de Nitsoushiu.

45 — Deux gardes en fer, incrustées d'or. Première : ciselée en haut relief, un dragon dans les nuages; deuxième : ornée de trois dragons dans les flots.

Première, *signée :* Motoyouki; deuxième : Tomofoussa.

46 — Paire de gardes en fer, découpées de chauves-souris.

Signées : Shoyami Shighénobou.

47 — Deux gardes en fer, ciselées. Première : un écureuil sur un melon ; deuxième : ornement fantaisiste.

La deuxième est *signée :* SHOYAMI MASSANORI.

48 — Paire de gardes en fer, découpées et ciselées. Dragons dans les nuages.

Signées : KINAÏ, d'Etchizen.

49 — Garde en fer plein, ciselée. Sur une face, un dauphin sur les flots ; sur l'autre, un rocher au bord de la mer.

Signée : JIAKOUSHI.

50 — Deux gardes en fer plein, ciselées et incrustées d'or. Dragons dans les nuages.

Première, *signée :* NOBOUÏYÉ ; deuxième : NIUDÔ MASSAHISSA.

51 — Garde en fer, découpée et ciselée, incrustée d'or et d'argent. Personnage près d'une cascade en regardant une autre qui conduit un bœuf.

Signée : MOKARASHI NIUDO ; SOTEN, de Koshiu Hikoné.

52 — Paire de gardes en fer, incrustées de fils d'or, ornées à jour de feuilles en partie rongées.

Signées : KINAÏ, d'Etchizen.

53 — Paire de gardes en fer, ciselées. Arbres en fleurs, une roue découpée à la scie.

Signées : NOBOUÏYÉ.

54 — Garde en fer plein, ciselée, incrustée d'or et d'argent. Un casque et une cuirasse.

Signée : SHIROTCHIKA.

55 — En fer plein, ciselée, incrustée de métaux divers. Fleurs et insecte.

56 — Deux gardes en fer, ciselées à jour d'un motif de feuilles.

Première, *signée :* Kinaï, d'Etchizen; deuxième : Massasada, de Choshiu.

57 — Paire de gardes en fer, ciselées à jour, incrustées de fils d'or. Feuilles de mauve.

Signées : Kinaï, d'Etchizen.

58 — Garde en fer plein, ciselée, de grande dimension. Dragon enlaçant une épée dont il tient le fer dans sa griffe.

59 — Deux gardes. Première : en fer plein, ciselée. Dragon dans les flots; deuxième : en fer, ciselée, incrustée d'or et d'argent. Souris grignotant des petites boulettes, préparées en brochettes pour la cuisson.

Signées : Kounishiro.

60 — Deux gardes en fer plein, ciselées et incrustées d'or. Première : personnages près d'un arbre, regardant un makimono; deuxième : un marinier conduisant une pièce de bois. Coucher de soleil.

Première, *signée :* Youkinaga; deuxième : Shiromitchi.

61 — Garde en fer, ciselée, incrustée de divers métaux. Tigre assis au milieu de pousses de bambous.

62 — Deux gardes en fer, ciselées, incrustées de divers métaux. Première : paysages au bord de la mer avec petits personnages; deuxième : personnages près d'un arbre, au clair de lune.

Première, attribuée à JIAKOUSHI; deuxième, *signée :* HISSAHIRO.

63 — Deux gardes en fer, découpées et ciselées. Feuilles et fleurs.

Première, *signée :* MASSASADA, de Choshiu; deuxième : TOMOKATA, de Choshiu.

64 — Deux gardes en fer, ciselées à rehaut d'or. Première : sur une face, un petit paysage au bord de la mer; sur l'autre, pêcheur à la ligne; deuxième : paysage maritime.

Première, *signée :* TOMONARI; deuxième : MASSAYOSHI.

65 — Deux gardes en fer, découpées et ciselées. Première : bourse et inrô suspendus à un netzuké; deuxième : imitant un câble.

La première est *signée :* KINAÏ, d'Etchizen.

66 — Deux gardes. Première : percée de deux trous sans autre ornement que le moiré du fer; deuxième, en fer à rehauts d'or et d'argent, ciselée. Les vagues de la mer au clair de la lune.

Première, *signée :* MIOTCHIN YOSHIMOUNÉ; deuxième : MITSOUSHIGHÉ, de Yamashiro.

67 — Deux gardes en fer, découpées à la scie et ciselées.

Première : éclairs et nuages; deuxième : imitant une roue gravée de feuille.

Première, *signée :* Kinaï, d'Etchizen; deuxième : Nobouïyé.

68 — Deux gardes en fer, cerclées, décorées à jour à rehauts d'or. Première : motifs de bambous; deuxième : flèches et arçon.

Signées : Massakata, de Boushiu.

69 — Deux gardes en fer, ciselées, incrustées de divers métaux. Première : rat et divers objets; deuxième : très petite, ornée de fleurs au clair de la lune.

70 — Deux gardes en fer, décorées à jour dans un cercle. Dragons.

Signées : Kinaï, d'Etchizen.

71 — Deux gardes en fer plein, ciselées, incrustées de divers métaux. Première : Senin assis au pied d'un arbre, créant un homme de son souffle; deuxième : personnages dans un bateau au clair de la lune.

Première, *signée :* Massanaga; deuxième : Yoshinaga.

72 — Deux gardes en fer plein, ciselées. Dragons dans les nuages, l'une de ces gardes est rehaussée d'or.

Signée : Jiakoushi.

73 — Deux gardes en fer, découpées et ciselées. Première : représentant un mon; deuxième : oiseaux héraldiques.

Première, *signée :* Motoyouki; deuxième : Shoseï, de Boushiu.

74 — Deux gardes en fer, découpées et ciselées dans un cercle. Feuilles de mauve.

Signées : Kinaï, d'Etchizen.

12 —

75 — Deux gardes en fer plein, ciselées. Dragons dans les nuages.

La dernière est *signée* : Youkitada.

76 — Deux gardes en fer, ciselées à jour, incrustées de fils d'or. Plantes et feuilles.

Première, *signée* : Massasada, de Choshiu ; deuxième : Kinaï, d'Etchizen.

10 —

77 — Deux gardes en fer plein, ciselées. Première : à rehauts d'or. Dragons dans les nuages ; deuxième : sujet analogue, rehaussée d'or et d'argent.

Signées : Jiakoushi.

78 — Deux gardes en fer, cerclées, décorées à jour de dragons.

Signées : Kinaï, d'Etchizen.

15 —

79 — Deux gardes en fer, ciselées, incrustées de divers métaux. Première : plantes et fleurettes autour d'un torii, au clair de la lune ; deuxième : sur une face, un puits, soleil levant ; sur l'autre, un volant et une raquette.

La dernière est *signée* : Korétsouné.

80 — Garde en fer, ciselée à jour, incrustée d'or. Personnage devant un énorme dragon entouré de nuages.

Signée : Nobouyoshi, de Koshiu.

20 —

81 — Garde en fer, partiellement évidée, ciselée, incrustée d'or et d'argent. Lièvre dans les bambous, au clair de lune.

Signée : MASSANAGA.

GARDES DE SABRE DU XVIIIe SIÈCLE

82 — Deux paires de gardes en fer plein. Première, gravée au burin : Tigres auprès d'une cascade; deuxième : ciselée en demi-relief. Dragons.

Première, *signée :* NAOMITCHI; deuxième : YEÏJIOU.

83 — Deux paires de gardes en fer, découpées à la scie. Feuilles et fleurs de chrysanthème.

Première, *signée :* KADZOUMASSA; deuxième : MASSAYOUKI, de Kofou.

84 — Deux gardes. Première : en fer, partiellement ajourée, décorée d'un gros prunier dont les fleurs sont d'argent et d'or incrustées; deuxième : en fer plein, incrustée de divers métaux, décorée de plantes, fleurs et insectes.

85 — Deux gardes en fer, découpées et ciselées. Première : fagots et fleurs de prunier; deuxième : semis de fleurs de prunier.

Première, *signée :* OUMÉTADA; deuxième : GOTO SEÏSHI.

86 — Paire de gardes en fer, ciselées à jour. Motifs de coquillages.
Signée : Kinaï, d'Etchizen.

87 — Paire de gardes en fer, ciselées à jour et rehaussées d'or. Pivoines en fleurs.
Signées : Massahissa, de Yedo.

88 — Garde en fer, ciselée à jour et incrustée de points d'or. Carpe remontant le courant.
Signée : Tomotada, de Boushiu.

89 — Paire de gardes en fer, découpées et ciselées. Chrysanthèmes.
Signées : Toshisada, de Sashiu.

90 — Garde en fer, ciselée à jour. Lièvres courant sur les flots.
Signée : Shikami Mitsoushiro, de Nagazaki.

91 — Garde en fer, découpée et ciselée. Épi de riz.
Signée : Tsounetoshi, de Kofou.

92 — Garde en fer, cerclée, de forme octogonale à coins rentrant, ciselée à jour de pieds de chrysantème.
Signée : Yeïjiou.

93 — Paire de gardes en fer, ciselées à jour d'un motif de feuilles.
Signées : Kinaï, d'Etchizen.

94 — Garde en fer, découpée et ciselée. Oiseau perché sur le haut d'un panier qui est attaché à un arbre dépouillé.
Signée : Soukénaga, de Boushiu.

95 — Paire de gardes en fer, ciselées, incrustées d'or et d'argent. Sur une face, un lion de Corée courant au pied d'une cascade ; sur l'autre, un torrent.

96 — Garde en fer, découpée et ciselée à rehaut d'or. Bambous enlacés d'une vigne.
Signée : Massanaga, de Boushiu.

97 — Paire de gardes en fer, ciselées à jour. Dragons dans les nuages.
Signées : Kinaï, d'Etchizen.

98 — Paire de gardes en fer plein, ciselées en demi-relief. Paysages avec lac dans les montagnes, bateaux et personnages.
Signées : Tomoyouki, de Choshiu.

99 — Garde en fer, cerclée, ciselée à jour. Dragon enroulé sur lui-même.
Signée : Itchiyanaghi Tomoyoshi.

100 — Garde en fer plein, ciselée, incrustée de divers métaux. Guerriers sous un prunier en fleurs, au bord d'un ruisseau.
Signée : Mokarashi Soten, de Koshiu Hikoné.

101 — Paire de gardes en fer, découpées à la scie et gravées. Feuilles et fleurs de chrysanthème.
Signées : Tadatoki.

102 — Paire de gardes en fer, découpées à la scie, représentant des dragons.

Signées : Massatoshi, de Kofou.

103 — Garde en sentokou, ciselée et gravée. Sur une face, Shôki bravé par une troupe d'onis; sur l'autre, onis s'enfuyant.

Signée : Sômïn, de Boushiu.

104 — Garde en fer, ciselée, incrustée de divers métaux. Senin arrêté près d'une rivière, s'entretenant avec un crapaud.

Signée : Joï (Joï fait partie de la famille Gotô).

105 — Garde en fer, ciselée à jour, incrustée d'argent, de forme carrée à coins rentrant. Un dragon.

Signée : Itchiyanaghi Tomoyoshi.

106 — Garde en fer, ciselée, partiellement découpée, incrustée de divers métaux. Deux personnages assis à une table, s'entretiennent avec un troisième debout; au fond, arbres et cascade.

Signée : Mokarashi Niudô Sôten.

107 — Paire de gardes en fer, découpées et ciselées. Dragons dans les nuages.

Signées : Toriouken Shighéfoussa.

108 — Garde en fer plein, ciselée, incrustée de divers métaux. Sur une face, au pied d'un pin, sur le bord d'un ruisseau, trois personnages devisent du Foudjiyama qu'ils ont devant les yeux; sur l'autre, un personnage.

Signée : Massafoussa, de Boushiu.

109 — Deux gardes en fer, ciselées, incrustées de divers métaux. Première : sur une face, un arbre près d'un lac; sur l'autre, la lune se reflétant dans les eaux; deuxième : paysage avec personnages dont l'un est monté sur un bœuf.

La première est *signée :* SEÏDZOUI.

110 — Paire de gardes en fer plein, ciselées. Paysages et marines avec personnages.

Signées : MASSATOSHI, de Boushiu.

111 — Deux gardes en fer, découpées et ciselées. Première : feuilles et fleurs de chrysanthème; deuxième : prunier en fleurs.

Première, *signée :* MASSATOSHI; deuxième : MASSAKATA, tous deux de Boushiu.

112 — Paire de gardes en fer, découpées et ciselées, à rehauts d'or. Lances ou hampes d'étendards.

Première, *signée :* MASSAFOUSSA; deuxième : MASSANOBOU, de Boushiu tous deux.

113 — Paires de gardes en fer plein, ciselées sur les deux faces de paysages agrestes.

Signées : TOMOTSOUNÉ, de Choshiu, Aki.

114 — Deux gardes. Première : en fer plein, gravée d'un ornement finement exécuté; deuxième : en fer, ciselée. Fleurs dont les tiges sont finement découpées à la scie.

Première, *signée :* YEÏJIOU; deuxième : MASSAYOSHI, de Boushiu.

115 — Deux gardes en fer, découpées à la scie. Première : représentant deux dragons ; deuxième : feuilles du djenko-biloba.

Première, *signée* : NAMIHISSA ; deuxième : BANKI, de Kofou tous deux.

11 —

116 — Paire de gardes en fer, ciselées à jour, rehaussées d'or. Feuilles et fleurs de chrysanthème.

Signées : TOMÔAKI, de Choshiu, Aki.

10 —

117 — Deux gardes en fer, découpées et ciselées. Feuilles.

Signée : KINAÏ d'Etchizen.

7.50

118 — Garde en fer, ciselée, incrustée de divers métaux. Ossements humains près de roseaux, clair de lune.

Signée : NAÔNORI.

119 — En sentokou, partiellement ajourée, ciselée et incrustée d'or. Tigre sortant d'une caverne.

Signée : HIROTOSHI.

15 —

120 — Deux gardes en fer, ciselées à jour. Première : prunier en fleurs ; deuxième : feuilles et fruits.

Première, *signée* : MASSANOBOU, de Kofou ; deuxième : MASSANOBOU.

13 —

121 — Garde en fer, ciselée, rehaussée d'or, décorée à jour d'un dragon.

Signée : GUIOKOUSEN YOSHIHISSA, de Suifou.

122 — Deux gardes en fer plein. Première : de forme

26 —

carrée à coins rentrant, ciselée et rehaussée d'or. Un cheval sauvage courant sous un pin; deuxième : décorée d'un paysage maritime en demi-relief.

Première, *signée :* MASSANOBOU, de Boushiu; deuxième : NAMIHISSA, de Kofou.

123 — Deux gardes en fer plein, ciselées, rehaussées d'or. Feuilles et fleurs.

Signées : MASSANOBOU, de Boushiu; deuxième : NAMIHISSA, de Kofou.

124 — Garde en fer plein, ciselée en haut-relief, incrustée de divers métaux. Paysage avec le mont Foudji et campagnes environnantes.

Signée : YASOUTOSHI.

125 — Deux gardes en fer, ciselées à jour. Première : un lièvre courant sur les flots de la mer; deuxième : feuilles et fleurs de chrysanthème.

Première, *signée* : YOSHINAGA; deuxième : KINAÏ, d'Etchizen.

126 — Deux gardes en fer, ciselées à jour et rehaussées d'or. Première : un paysan passant sur un pont, suivi de son bœuf, un gros pin abrite le pont; deuxième : paysan assis devant sa chaumière, près de lui son bœuf couché.

Première, *signée :* NOBOUMASSA; deuxième : NOMOURA KANÉNORI, de Koshiu Hikoné.

127 — Deux gardes en fer plein, ciselées, incrustées de

divers métaux. Première : sur une face, personnages au bord de l'eau et vol d'oiseaux; sur l'autre, petit paysages agreste; deuxième : personnages au bord d'un ruisseau, dans lequel un troisième à l'air de chercher quelque chose.

128 — Deux gardes en fer plein, ciselées. Première : branches de prunier fleuries dans un courant; deuxième : un lion de Corée penché sur le bord d'un précipice, regarde des pivoines posées sur un rocher en contre-bas.

Signées : MASSATAKA, de Boushiu.

129 — Garde en fer plein, ciselée, incrustée de divers métaux. Sur une face, charmant petit paysage, sur l'autre, personnage marchant sous la pluie.

Signée : Tôou.

130 — Deux gardes en fer plein. Première : ciselée en haut-relief, un dragon dans les nuages; deuxième : ciselée et incrustée de points d'or. Dragon dans les flots.

Première, *signée :* Tôou; deuxième : TOMOHISSA, de Choshiu.

131 — Garde en fer plein, ciselée sur les deux faces. Paysages agreste largement traités.

Signée : TOMOTCHIKA, de Choshiu, Aki.

132 — Deux gardes en fer plein, ciselées. Première : sur une face, un paysage finement exécuté, sur l'autre,

un paysan passe sur un pont rustique ; deuxième : incrustée de fils d'or. Paysages agreste avec personnages.

Première, *signée* : Massatoyo, de Boushiu ; deuxième : Inôoué Jiouhémon Hissamitsou, de Choshiu, Aki.

133 — Deux gardes. Première : de forme carrée à coins rentrant en fer, niellée d'or et d'argent, ornée de fleurs de kiri ; deuxième : même métal, bambous et petits oiseaux.

134 — Quatre gardes en fer, niellées d'or et d'argent, de formes diverses. Ornées de fleurs, dragons, etc.

135 — Deux gardes en fer plein, ciselées. Première : singes, rochers et cascades ; deuxième : chrysanthèmes sur une roche au bord de l'eau.

Première, *signée* : Massataka, de Choshiu, Aki. Deuxième : Tomomitchi, du même endroit.

136 — Deux gardes en fer plein, ciselées, paysages agrestes.

Signées : Tomohissa, de Choshiu, Aki.

137 — Deux gardes en fer. Première : découpée et ciselée. Une ancre japonaise dans un cercle imitant un cordage ; les flots de la mer en furie ; deuxième : découpée à la scie. Une ancre japonaise dans un cercle.

Première, *signée* : Kadzouyouki ; deuxième : Tatsounaô, de Kofou.

138 — Deux gardes en fer, découpées et ciselées. Première :

rehaussée d'or, représentant des aubergines ; deuxième : feuilles de djenko-biloba.

Première, *signée* : MASSAYOUKI, de Kofou ; deuxième : MASSANAGA.

139 — Trois gardes en fer, découpées à la scie, de motifs de feuilles et fleurs.

Première, *signée* : MASSAKANÉ ; deuxième : YOUKIYOSHI, troisième : MASSATSOUGOU, tous trois de Kofou.

140 — Deux gardes en fer, découpées et ciselées, rehaussées d'or. Première : vol d'oiseaux au-dessus de pins entourés de nuages ; deuxième : prunier en fleurs.

Première, *signée* : KWANCHÔ ; deuxième : MASSAKADZOU, tous deux de Boushiu.

141 — Deux gardes en fer, ciselées à jour, rehaussées d'or. Première : dragon enroulé sur lui-même, tenant une boule d'or dans sa griffe ; deuxième : dragons dans les flots.

Première, *signée* : YOSHITSOUGOU, de Kishiu.

142 — Deux gardes en fer, découpées et ciselées. Première : un chaume et une branche de prunier en fleurs ; deuxième : écureuils dans une vigne.

Première, *signée* : MORISHÏN, de Yoshiu.

143 — Deux gardes en fer plein, ciselées et incrustées de divers métaux. Première : un guerrier à cheval s'élance impétueusement dans les flots ; deuxième : paysage près de la mer, au clair de lune.

Première, *signée* : MASSATSOUGOU ; deuxième : NARA.

144 — Deux gardes en fer plein. Première : gravée au burin, incrustée de points d'argent. Les flots de la mer en furie ; deuxième : ciselée en demi-relief, incrustée de points d'or, les vagues de la mer.

Première, *signée* : Anseï ; deuxième : Massatoshi, de Choshiu, Mito.

145 — Deux gardes en fer, ciselées à jour et rehaussées d'or. Première : cravache, arçons et étrier ; deuxième : feuilles d'arbre.

Première, *signée* : Kiyoharou, de Choshiu ; deuxième : Youkitoshi, de Boushiu.

146 — Deux gardes en fer, ciselées à jour. Première : rehaussée d'or, arbre et feuilles ; deuxième : feuilles dont l'une est en partie rongée.

Première, *signée* : Massatsouné ; deuxième : Nakawo, de Boushiu.

147 — Deux gardes, l'une en fer plein, l'autre ajourée, décorées de dragons dans les flots.

Première, *signée* : Massatchika ; deuxième : Mitsouhissa.

148 — Deux gardes. Première : ciselée à jour, coquilles ; deuxième : en fer, découpée et ciselée, incrustée de divers métaux, coquillages.

Première, *signée* : Kawadji, de Choshiu, Aki.

149 — Deux gardes en fer plein, décorées de pins sur les deux faces. La deuxième est incrustée de fils d'or.

Première, *signée* : Shighéyouki ; deuxième : Tomonaga

150 — Deux gardes en fer, découpées et ciselées. Première : chrysanthèmes ; deuxième : imitant une rondelle pourrie de kiri.

Première, *signée* : Massanori, de Choshiu.

151 — Deux gardes en fer, découpées et ciselées. Première : lame d'épée entre une flamme et un roseau ; deuxième : plante aquatique.

Première, *signée* : Toshisada, de Sashiu ; deuxième : Tatsoutoshi, de Kofou.

152 — Deux gardes en fer plein, ciselées. Dragons dans les nuages et dans les flots.

Première, *signée* : Motoyouki ; deuxième : Yoshitchika.

153 — Deux gardes en fer, découpées et ciselées. Première : fleurs de prunier entourées de nuages ; deuxième : bandelettes attachées ensemble.

Première, *signée* : Tsounénobou, de Choshiu, Aki ; deuxième : Toshisada, de Sashiu.

154 — Deux gardes en fer, découpées et ciselées. Première : dragon replié sur lui-même ; deuxième : dragons dans les nuages.

Première, *signée* : Nara, Massayoshi, de Boushiu ; deuxième : Tsounénaga, de Choshiu, Aki.

155 — Deux gardes en fer plein, ciselées, incrustées d'or et d'argent. Première : sur une face, vol de grues au-dessus d'un gros pin ; sur l'autre, même sujet au-

dessus de la mer ; deuxième : des insectes sur une section de tronc d'arbre.

Première, *signée* : MASSAYOSHI.

156 — Deux gardes en fer plein, ciselées en demi-relief. Première : paysage avec lac dans les montagnes, bateaux et personnages ; deuxième : petit paysage au clair de lune.

Première, *signée* : MOTONAGA.

157 — Deux gardes en fer plein, ciselées, incrustées d'or et d'argent. Première : lion de Corée courant après une balle ; deuxième : un lapin blanc dans les herbes.

Première, *signée* : NAÔHAROU ; deuxième : MASSAMITSOU.

158 — Deux gardes en fer plein, ciselées. Première : à rehaut d'or, un prunier en fleurs ; deuxième : feuilles et fleurs de chrysanthème.

Première, *signée* : MASSATSOUNÉ, de Boushiu ; deuxième : MASSATOMO, de Choshiu, Aki.

159 — Deux gardes en fer plein, ciselées, incrustées de divers métaux. Première : grues dans un marais où croissent des herbes ; deuxième : Senin à la grue et Senin au cheval. Un enfant à genoux offre, sur un plat, de la nourriture à la grue.

160 — Deux gardes en fer plein, ciselées, incrustées de divers métaux. Première : Shôki poursuivant un oni qui se cache derrière un pin ; deuxième : Senin dont le

souffle crée un homme que l'on voit disparaître au loin.

Première, *signée* : NAGAHAROU ; deuxième : MASSATCHIKA.

161 — Deux gardes en fer, rehaussées d'or. Première : ciselée à jour. Dragon dans les nuages ; deuxième : fer plein, ciselée en demi-relief. Dragons dans les nuages, des caractères européens sans signification sont gravés autour de l'entrée.

Première : *signée* : ITCHIYANAGHI TOMOMAKI.

162 — Deux gardes en fer plein, ciselées, incrustées de divers métaux. Première : un paysan travaillant dans un champ, et un autre remplissant ses seaux à la rivière ; deuxième : paysage pendant une tempête, un personnage passe sur un pont en tenant son parapluie à demi ouvert.

Deuxième, *signée* : TOSHINAGA.

163 — Deux gardes en fer, ciselées, partiellement ajourées, incrustées d'or et de divers métaux. Première : bœuf sortant de l'étable ; deuxième : prunier et bambou.

Deuxième, *signée* : SHIGHÉTSOUGOU.

164 — Deux gardes en fer plein, ciselées, incrustées de divers métaux. Première : bœuf près d'un arbre en fleurs ; deuxième : un bœuf couché près d'une cascade.

165 — Deux gardes ciselées et rehaussées d'or. Première :

en fer plein ; deuxième : ajourée. Feuilles et fleurs de chrysanthème.

Première, *signée* : MASSAHIDÉ ; deuxième : KOMORI YEÏMASSA.

166 — Deux gardes en fer, ciselées, partiellement découpées à la scie, incrustées d'or et d'argent. Première : herbes et fleurettes. Vol d'oies ; deuxième : lion de Corée tenant une pivoine dans sa gueule.

Première, *signée* : TATSOUTOSHI, de Kofou ; deuxième : TOSHIYOSHI.

167 — Garde en fer plein, ciselée, incrustée de divers métaux. Tortue de mer, grue, éventail, etc.

Signée : NARA TOSHINAGA.

168 — Deux gardes en fer, ciselées à jour, incrustées de divers métaux. Première : Yoshitsouné armé d'un poignard, tue un sanglier sur le dos duquel il a sauté. Devant lui fuient d'autres personnages. Au fond, arbres, cascade, et le mont Foudji ; deuxième : scène guerrière.

Première, *signée* : MOKARASHI NIUDO SOTEN, de Koshiu Hikoné ; deuxième : attribuée au même artiste.

169 — Quatre gardes en fer. Première et deuxième : formant paire, découpées à la scie et gravées. La foudre, autour des nuages ; troisième : gravée au burin. Feuilles et tiges de bambous ; quatrième : pivoines fleuries.

Première et deuxième, *signées* : TADAYOSHI, de Boushiu ; troisième : Hidemassa ; quatrième : Massamitchi, de Boushiu.

170 — Deux gardes en fer plein, ciselées, incrustées d'or et d'argent. Première : sur une face, un gros arbre; sur l'autre, la mer avec quelques barques de pêcheurs; deuxième : personnages au bord de la mer.

Première, *signée* : Tsoukiyama ; deuxième : Shoyami.

171 — Deux gardes en fer plein, ciselées, incrustées de divers métaux. Première : personnages causant; deuxième : oie volant au-dessus d'une cascade, sur le revers, filets tendus.

Deuxième, *signée* : Massaaki.

172 — Deux gardes en fer plein, ciselées : Première : un lion de Corée; deuxième : sur une face, un lion de Corée près d'un rocher; sur l'autre, une cascade.

Première, *signée* : Massashighé, de Shibata ; deuxième : Mitsouyouki, de Choshiu.

173 — Deux gardes ciselées. Première : en fer plein; deuxième : partiellement ajourée. Dragons dans les nuages.

Première, *signée* : Mitsoutaka, de Choshiu, Aki; deuxième : Mitsoutaka, de Chôan.

174 — Deux gardes en fer plein, ciselées. Première : incrustée de fils d'or. Fleurs de kiri; deuxième : incrustée de bronze et shibouitshi. Dharma drapé dans son manteau.

Première, *signée* : Shoyami Moritsougou ; deuxième : Yoshimassa.

175 — Deux gardes. Première : en fer plein, ciselée d'un grand nombre de pétales repliés ; deuxième : en bronze laqué, rehaussée d'or, décorée de chrysanthèmes.

176 — Deux gardes. Première : en fer plein, ciselée, incrustée d'or et d'argent. Paysage avec personnages ; au fond, la mer avec des barques de pêche ; sur le revers, même sujet au clair de la lune ; deuxième : en fer, ciselée, partiellement ajourée, rehaussée d'or sur un fond de soleil couchant, trois pêcheurs tirant un filet au bord de la mer.

Première : Tomokiyo, de Choshiu, Aki ; deuxième : Massanori, de Sounakawa.

177 — Deux gardes en fer, ciselées à jour. Dragons repliés sur eux-mêmes.

Première, *signée* : Yasoutchika ; deuxième : Massayoshi, de Sounakawa.

178 — Paire de gardes en sentokou, ciselées à jour. Dragons.

Signées : Toshimassa, de Kofou.

179 — Deux gardes, ciselées à jour, rehaussées d'or. Première : feuilles de chrysanthème ; deuxième : ornée de bambous.

Première, *signée* : Massayoshi, de Inshiu ; deuxième : Massanaga, de Boushiu.

180 — Garde en bronze rouge poli, gravée au burin ; sur

une face, trois tigres au bord d'un ruisseau où l'un d'eux se désaltère; sur l'autre, des bambous.

Signée : Oriouken Mitsoushiro.

181 — En fer plein, ciselée, incrustée d'or et d'argent; sur une face, un aigle perché sur une patte à la pointe d'un rocher que battent les flots; sur l'autre, vol d'oiseaux au-dessus de la mer.

Signée : Ishigouro, Massayoshi.

182 — En fer chagriné à rehaut d'or, gravée des attributs de Hoteï.

Signée : Massahissa, de Boushiu.

183 — En fer plein, ciselée en demi-relief; sur une face, étude de chevaux; sur l'autre, un saule au bord d'un ruisseau.

Signée : Hamaya Kiyozoui.

184 — Garde en fer plein, ciselée et incrustée de divers métaux. Branches de pivoine.

185 — En fer, découpée et ciselée, rehaussée d'or et d'argent. Gerbes fantaisistes.

Signée : Massaharou, de Boushiu.

186 — En fer plein, légèrement incrustée d'or. Décorée d'un dragon dans les nuages.

Signée : Nara.

187 — En fer plein, ciselée, incrustée de divers métaux.

Garde faite en collaboration par quatre artistes : Une souris, par MASSANORI. Poisson et herbes, par HÔSHIO. Plantes et fleurs aquatiques, par YASOUNORI. Un éventail, par YEÏTOSHI.

188 — En fer, ciselée à jour, incrustée de divers métaux. Personnage attablé dans une maison entourée d'arbres.

Attribuée à MASSANAÔ.

189 — En sentokou chagriné, ciselée et incrustée de divers métaux ; sur une face, un personnage près d'une cascade, souffle dans une sorte de trompette ; sur l'autre, un tronc d'arbre.

Signée : TOSHINAGA.

190 — Garde en fer, ciselée, partiellement ajourée, incrustée de divers métaux. Une grue planant au-dessus de la mer en furie.

Signée : TOMOMITSOU.

191 — Garde en fer, ciselée à jour. Un dragon replié sur lui-même.

Signée : MASSAYOUKI.

192 — Deux gardes en fer plein, ciselées. Première : incrustée de divers métaux. Coq, poules et papillons près de plantes en fleurs ; sur l'autre face, des petits poussins ; deuxième : incrustée d'or et d'argent. Représente des canards.

Première, *signée :* KANESHIGHÉ ; deuxième : YASOUNAGA.

193 — Deux gardes en fer plein, ciselées. Première : sur une face, un paysage au clair de lune ; deux corbeaux volent au-dessus de la mer. Au loin, des montagnes ; sur l'autre, d'énormes rochers au milieu de la mer ; deuxième : feuilles repliées et coupées par places.
Deuxième, *signée :* Bounchô, de Choshiu, Aki.

194 — Garde en fer plein, ciselée. Sur les deux faces, dans les excavations d'une roche, des pivoines dont les fleurs sont d'or et d'argent incrustés ; au-dessus, deux papillons exécutés en niellure d'or.

GARDES DE SABRE DU XIXe SIÈCLE

195 — Paire de gardes en fer, ciselées à jour. Jonques japonaises en mer.
Signées : Somïn.

196 — Deux gardes. Première : en shakoudo, ciselée à jour, incrustée de divers métaux. Sujet guerrier ; deuxième : en shakoudo grenu, incrusté d'or et d'argent. Porte, ciselé sur les deux faces, un motif de fleurs et insectes.
Première, *signée :* Hamaya Kenzouï ; deuxième : attribuée aux Goto.

197 — Deux gardes en shakoudo, ciselées et incrustées de divers métaux. Première : Senin créant un arbre de son souffle ; deuxième : sur une face, un enfant

conduisant un bœuf, sur lequel un autre enfant est monté ; sur l'autre face, un personnage.

Première, *signée :* HAMANO NAÔHAROU.

198 — Deux gardes en bronze chagriné, incrustées de divers métaux. Première : plant de courge ; deuxième : feuilles et fleurs de chrysanthème.

Première, *signée :* NARA MASSATCHIKA.

199 — Trois gardes. Première : en bronze poli, gravée au burin, sur chaque face, d'un lion de Corée ; deuxième : en bronze rouge, ciselée en haut-relief et incrustée. Faucon sur un rocher, entouré de pousses de bambous ; troisième : en bronze plein, ciselée de feuilles et fleurs de chrysanthème.

Première et deuxième, *signées :* SOMÏN ; troisième : YEÏJIOU.

200 — Un lot de gardes de sabre des XVIIe, XVIIIe, XIXe siècles, de métaux divers, représentant des sujets variés. Ce lot sera fractionné par groupe de cinq ou six pièces.

KODZOUKAS

KODZOUKAS DU XVIIe SIÈCLE

201 — Deux kodzoukas en fer, ciselés, incrustés de divers métaux. Paysages avec personnages.

Premier, *signé :* JIAKOUSHI ; deuxième : attribué au même artiste.

202 — Kodzouka en fer, ciselé, incrusté d'argent. Un dragon.

203 — En fer, ciselé, incrusté de bronze de deux teintes. Poissons nageant, et herbes marines.

Signé : IWAMOTO.

204 — En fer, ciselé, incrusté d'argent. Branche de prunier en fleurs.

Signé : OUMÉTADA.

205 — Deux kodzoukas en fer, ciselés, incrustés de divers métaux. Paysages et marines avec personnages.

Attribués à Jiakoushi.

206 — Deux kodzoukas en fer, ciselés, partiellement ajourés, incrustés de divers métaux. Premier : paysage maritime; deuxième : branche de prunier fleurie.

Premier : attribué à Jiakoushi.

207 — Deux kodzoukas en fer, ciselés. Premier : incrusté d'or, orné d'un dragon dans les nuages; deuxième : incrusté d'or et d'argent. Prunier en fleurs.

Premier, *signé :* Ishinsaï Shiriou.

KODZOUKAS DU XVIIIe SIÈCLE

208 — Deux kodzoukas en bronze rouge poli, gravés au burin. Premier : personnages dans un bateau, l'un pêchant à la ligne; deuxième : roseaux au bord d'un ruisseau.

Deuxième, *signé :* Mounétoshi.

209 — Deux kodzoukas en sentokou, ciselés, incrustés de divers métaux. Premier : plantes aquatiques, au milieu desquelles un oiseau avale un poisson; deuxième : personnage attablé; derrière celui-ci, un autre tient une lance.

210 — Deux kodzoukas en sentokou, ciselés, incrustés de divers métaux. Premier : un héron perché sur un tronc de saule dépouillé; deuxième : grue grimpant sur un pin.

Signé : Toshimitsou.

211 — Deux kodzoukas en bronze rouge, martelés et ciselés. Premier : personnage religieux tenant un makimono ; deuxième : Foukourokou-djin.

Signés : Yasouyouki.

212 — Paire de kadzoukas en fer, ciselés, incrustés de divers métaux. Guerrier écrivant sur un arbre dont les fleurs d'argent sont merveilleusement travaillées.

Signés : Hamano Seïdzoui.

213 — Deux kodzoukas en fer, ciselés, incrustés de divers métaux. Plantes grimpantes et papillons.

14 —

214 — Deux kodzoukas en bronze rouge poli, ciselés, incrustés d'or et d'argent. Premier : un pèlerin regardant le Foudjiyama ; deuxième ; bonze s'abritant sous son parapluie.

Premier, *signé :* Harouakira; deuxième : Yasoutchika.

215 — Deux kodzoukas en bronze chagriné, ciselés et incrustés. Premier : Hoteï; deuxième : Daïkokou tenant son sac et le marteau d'abondance.

Premier, *signé:* Hissayouki; deuxième : attribué à Joï.

10 —

216 — Deux kodzoukas en shibouïtshi poli. Premier : incrusté d'argent, gravé au burin. Herbes et fleurettes au clair de lune ; deuxième : personnage assis regardant un makimono.

Premier : sign. abrégée de YASOUTCHIKA ; deuxième : *signé :* EDAHIRO, MOUNÉTCHIKA.

217 — Deux kodzoukas en bronze rouge, gravés au burin : Premier : tigre et bambou ; deuxième : étude de chevaux.

Premier, *signé :* YASOUTCHIKA ; deuxième : FOUROUKAWA GHENSHÏN.

218 — Deux kodzoukas en fer, ciselés, incrustés d'or et d'argent. Premier : personnage lisant au clair de lune ; deuxième : plantes aquatiques et vol d'oiseaux.

Premier, *signé :* HOZOUI ; deuxième : NOBOUFOUSSA.

219 — Deux kodzoukas. Premier : en bronze rouge, incrusté de divers métaux. Un gros poisson, ciselé en haut-relief ; deuxième : en sentokou, incrusté de shakoudo et d'or. Poisson en haut-relief.

Premier, *signé :* TÔOU ; deuxième : YOSHIOKA RÏNTOKOU.

220 — Deux kodzoukas en fer. Premier : incrusté de bronze, décoré d'une cigale, ciselée en relief ; deuxième : ciselé et incrusté d'or. Mouche et inscription.

Premier, *signé :* SEÏDZOUI.

221 — Deux kodzoukas en fer, ciselés, incrustés d'or. Premier : personnage sous un arbre; deuxième : un pin.

Douxième, *signé* : NAÔYOUKI.

222 — Deux kodzoukas en bronze rouge, ciselés, incrustés de divers métaux. Premier : vol de hérons au bord de la mer; deuxième : bambou, fleurs de prunier et branche de pin.

Premier, *signé* : NARA SHIGHÉMITSOU; deuxième : KORÏN (d'après un dessin de TSOUNÉNOBOU).

223 — Deux kodzoukas. Premier : en bronze, ciselé, incrusté d'or. Guerrier à cheval traversant les flots; deuxième : en shakoudo grenu, ciselé, incrusté d'or et d'argent. Un parasol avec des feuilles enlaçant le manche.

Premier, *signé* : YANAGHI; deuxième : MASSAYOUKI.

224 — Deux kodzoukas. Premier : en sentokou, gravé au burin et incrusté d'argent. Personnages regardant la lune; deuxième : en shibouïtshi gravé. Personnage couché fumant sa pipe.

Premier, *signé* : HISSATOSHI.

225 — Deux kodzoukas. Premier : en fer ciselé, incrusté de divers métaux. Feuilles et fleurs; deuxième : en bronze chagriné, ciselé, incrusté d'or. Plantes aquatiques.

Deuxième, *signé* : MASSANAGA.

226 — Deux kodzoukas complets. Premier : en shibouïtshi, incrusté d'or et d'argent. Vue du Foudjiyama; deuxième : en shibouïtshi ciselé. Dragons dans les flots.

Premier, *signé :* SEÏDZOUI; deuxième : KIYOZOUI.

227 — Deux kodzoukas en fer, ciselés. Premier : incrusté d'or et d'argent. Marinier conduisant un train de bois; deuxième : incrusté de bronze doré. Décoré d'un dragon.

Deuxième, *signé :* TOMOTSOUGOU.

228. — Deux kodzoukas. Premier : en shibouïtshi ciselé, incrusté d'or. Personnage sous un saule; deuxième : shibouïtshi gravé. Plantes aquatiques et libellules s'envolant.

Premier, *signé :* JOÏ.

229 — Kodzouka en fer, ciselé, incrusté d'argent et d'or, décoré d'un petit kodzouka.

Signé : NORIMASSA.

230 — Kodzouka en fer, ciselé, incrusté d'argent et d'or. Chien regardant la lune.

231 — Kodzouka en sentokou, ciselé en haut-relief. Un lion de Corée.

Signé : SOMÏN.

332 — Kodzouka en fer, ciselé, incrusté de points d'or. Grues au-dessus des flots.

233 — Kodzouka en fer, incrusté d'or et d'argent. Bonze regardant une cascade.
Signé : MITSOUHAYA.

234 — Kodzouka en shibouïtshi, gravé, incrusté d'argent. Sur une face, deux personnages contemplant la lune; sur l'autre, en demi-cursive, une poésie (pièce remarquable).
Signé : SOMÏN.

235 — Kodzouka en fer, ciselé, incrusté d'or. Une tortue au bord d'un ruisseau.
Signé : SOKAKOU, à l'âge de 67 ans.

236 — Kodzouka en bronze, ciselé, laqué brun, incrusté de divers métaux. Apparition de Dharma dans un tronc d'arbre.
Signé : ORIOUKEN, SEÏDZOUI, d'après un dessin de TANYOU.

237 — Kodzouka en bronze rouge, ciselé, incrusté de divers métaux. Une femme de la campagne pétrit de la farine de riz dans un mortier, devant sa chaumière.
Signé : HAMAYAZOUI KEÏ.

238 — Kodzouka eu bronze rouge, chagriné, incrusté de nacre et de métaux variés. Décoré d'une chaumière au clair de la lune. Sur le toit, des plantes grimpantes; devant, un arbre dépouillé.
Signé : YASOUTCHIKA.

239 — Un kogaï en sentokou, ciselé et incrusté de divers métaux. Pivoines en fleurs.

Signé : NAÔHAROU.

240 — Deux kodzoukas en shakoudo grenu. Premier : incrusté de divers métaux et ciselé. Sabre, cravache et divers objets; deuxième : incrusté de bronze doré, ciselé en haut relief. Lions de Corée et pivoines.

Deuxième, *signé :* MITSOUYOUKI (XIXe siècle).

241 — Deux kodzoukas. Premier : en bronze rouge, ciselé, incrusté d'or et d'argent. Les signes du zodiaque; deuxième : en shakoudo ciselé et incrusté d'or. Dragons dans les flots.

Premier, *signé :* SOMÏN (XIXe siècle).

242 — Kogaï en deux pièces, skakoudo ciselé, incrusté d'or et d'argent. Plantes aquatiques au-dessus desquelles volent de petits oiseaux.

Cette pièce est du XIXe siècle.

243 — Un lot de kodzoukas en métaux divers, sujets variés.

ANNEAUX & BOUTS DE SABRE

ANNEAUX ET BOUTS DE SABRE DU XVIIe SIÈCLE

244 — Deux bouts et anneaux en fer, ciselés en haut-relief. Dragons dans les nuages.
Signés : **Mokarashi, Soten,** de Koshiu, Hikoné.

245 — Deux bouts et anneaux en fer, ciselés, incrustés d'or. Deux personnages.

246 — Anneau et bout en fer, ciselés et incrustés d'or. Dragons dans les flots. Ces deux petites pièces, ciselées à jour, sont de véritables dentelles, d'un travail merveilleux.
Attribué à **Oumétada**, de Yamashiro.

247 — Deux bouts et anneaux en fer, ciselés, incrustés d'or et d'argent. Dragons dans les nuages.
Premier, *signé :* **Jiakoushi**; deuxième : **Mitsouyouki**.

248 — Bout de sabre en fer, ciselé, rehaussé d'or et d'argent. Dragons dans les nuages.
Signé : Joshiou.

249 — Deux bouts en fer, ciselés. Premier : masque d'homme; deuxième : masque de Tengou. Ce dernier est incrusté d'or et de bronze rouge.

250 — Bout de sabre en bronze rouge, ciselé, incrusté d'or et de shakoudo. Masque grimaçant.

ANNEAUX ET BOUTS DE SABRE DU XVIIIe SIÈCLE

251 — Deux bouts et anneaux. Premier : en bronze, ciselé, incrusté d'or. Poisson, pieuvre, écrevisse et crabe; deuxième : en shakoudo, ciselé, incrusté de bronze doré. Personnages couchés sur des dzories (chaussures de paille tressées).
Signés : Yasoutchika.

252 — Deux bouts et anneaux en fer, ciselés, incrustés de divers métaux. Premier : petits oiseaux sur le tronc et les branches d'un prunier en fleurs; deuxième : abeille et fleurs.

253 — Deux bouts et anneaux en fer, ciselés, incrustés d'or. Premier : lions de Corée se battant. Deuxième : temples et tours.

254 — Deux bouts et anneaux en fer, ciselés, incrustés d'or.

Premier : deux tigres paraissant s'élancer; deuxième : dragons.

255 — Deux bouts et anneaux en fer, ciselés, incrustés d'or et d'argent. Pruniers en fleurs.

256 — Deux bouts et anneaux en shakoudo grenu, ciselés, incrustés d'or. Deux dragons.

257 — Deux bouts et anneaux en shakoudo, ciselés, incrustés de bronze doré. Sujets guerriers.

258 — Deux bouts et anneaux en fer, ciselés. Premier : forêt de pins; deuxième : incrusté d'or et d'argent, décoré de gardes de sabres et divers.

Deuxième, *signé :* SHOYAMI MASSAYOSHI.

259 — Deux bouts et anneaux en shibouïtshi, ciselés. Premier : incrusté d'or. Personnage sous la pluie; deuxième : incrusté d'or et d'argent. Senin faisant sortir des chevaux d'une gourde.

Premier, *signé :* SEÏDZOUI; deuxième : TOSHINAGA.

260 — Deux bouts et anneaux en bronze rouge, ciselés, incrustés d'or. Petits personnages riant.

Premier, *signé :* Joï; deuxième, attribué au même artiste.

261 — Deux bouts et anneaux en fer, ciselés, incrustés d'or et d'argent. Premier : personnages religieux dissertant; deuxième : paysage au clair de lune. Paysan ramenant son bœuf.

Premier, *signé :* SEÏDZOUI.

262 — Deux bouts et anneaux en bronze rouge, ciselés. incrustés d'or et d'argent. Premier : Dharma et personnages causant; deuxième : Daïkokou tenant d'une main le sac de la Fortune, et de l'autre son maillet.

Premier, *signé :* YASOUTCHIKA; deuxième : MASSATSOUNÉ.

263 — Deux bouts et anneaux en bronze rouge, ciselés, incrustés d'or et d'argent. Dragons sortant du Foudjyama.

Premier, *signé :* YOSHITCHIKA, à l'âge de soixante-huit ans; deuxième : RAN.

264 — Deux bouts et anneaux. Premier : en sentokou, ciselé, incrusté de divers métaux. Vol de lucioles et roseaux; deuxième : en shibouïtshi, ciselé et incrusté de divers métaux. Petits oiseaux perchés sur une houe et sur des roseaux.

Signés : YASOUTCHIKA.

265 — Deux bouts et anneaux en bronze rouge. Premier : gravé au burin. Tigres se mirant dans l'eau; deuxième : incrusté de fils d'or, décoré d'un lion de Corée, pivoines et papillon.

Premier, *signé :* BOKOUSEN; deuxième : SHIGHÉHAROU.

266 — Deux bouts et anneaux. Premier : en bronze incrusté d'or ciselé. Lion de Corée et pivoines; deuxième : en shakoudo grenu, ciselé en haut-relief. Mouches et fleurs.

Premier, *signé :* YANAKAWA; deuxième : YOSHINAGA.

267 — **Deux bouts et anneaux en fer, ciselés, incrustés de divers métaux. Premier : paniers dans lesquels sont des fleurs; un hibou est perché sur le bord d'un des paniers; sur le rond, petits oiseaux; deuxième : branche de prunier en fleurs.**

268 — **Deux bouts et anneaux en shakoudo grenu, ciselés, incrustés d'or et d'argent. Pruniers en fleurs.**

269 — Deux bouts et anneaux. Premier : en fer ciselé, incrusté de divers métaux. Petits oiseaux et arbre en fleurs; deuxième : en shakoudo chagriné, incrusté d'or, décoré de pruniers en fleurs.

Premier, *signé :* TOSHINAGA.

270 — Deux bouts et anneaux. Premier : en bronze ciselé et incrusté d'or; deuxième : en shakoudo grenu, incrusté d'or et ciselé en haut-relief. Ornés tous les deux de dragons dans les nuages.

Premier, *signé :* MOTONAGA; deuxième : YOSHINAGA.

271 — Deux bouts et anneaux. Premier : en sentokou or et shakoudo incrusté et ciselé. Chrysanthèmes; deuxième : en bronze rouge, ciselé de métaux divers, incrustés. Bataille de rats et toit de chaume où croissent quelques plantes.

Premier, *signé :* YEÏJOU; deuxième : MIBOKOU.

272 — Bouts et anneaux en fer, argent et or, ciselés et incrustés. Semis de fleurs de prunier.

Signé : HAROUAKIRA.

273 — Bout et anneau en bronze rouge, ciselés, incrustés de points d'argent. Les vagues de la mer en furie.

Signé : Jiouyeï.

274 — Bout et anneau en bronze rouge et divers métaux, incrustés et ciselés. Un hibashi (sorte de brasero).

Signé : Ishizan Motonobou.

275 — Bout et anneau en fer, ciselés. Hirondelles en shakoudo incrusté. Ces oiseaux sont d'un travail exquis.

Signé : Nobouyasou.

276 — Deux bouts et anneaux. Premier : en bronze incrusté d'or; deuxième : en shakoudo grenu. Ornés tous les deux de dragons dans les nuages.

Signés : Goto Seïjo.

277 — Bout et anneau en bronze, gravés au burin. Un personnage ayant peint un dragon, le voit s'enfuir dans un rêve.

Signé : Fouroukawa Tsouyonaga.

278 — Bout et anneau en fer, ciselés, incrustés d'or. Feuilles et fleurs de chrysanthème.

279 — Deux bouts en fer. Premier : incrusté d'or et d'argent, orné d'un oiseau et de plantes aquatiques; deuxième : une chenille et des fleurs en émaux de diverses couleurs.

280 — Deux anneaux. Premier : en sentokou et shakoudo,

ciselé et incrusté d'émaux de diverses couleurs. Un motif de fleurs tout autour; deuxième : en bronze rouge, incrusté de shakoudo et de nacre, ciselé d'un paysage.

3. 50

281 — Deux bouts et anneaux. Premier : en bronze rouge ciselé, incrusté d'or et d'argent. Dharma drapé dans son manteau ; deuxième : en fer, ciselé et incrusté d'or. Dragons dans les nuages.

Premier, *signé :* Joï; deuxième : OUMÉTADA TSOUKI-MASSA.

ANNEAUX ET BOUTS DE SABRE DU XIXe SIÈCLE

282 — Deux bouts et anneaux en shakoudo grenu, ciselés et incrustés d'or. Premier : feuilles et fleurs de prunier; deuxième : un aigle fond sur un renard qui fuit.

Signés : MITSOUMASSA.

9. 50

283 — Deux bouts et anneaux en shakoudo grenu, ciselés, incrustés d'or et d'argent. Premier : petits panneaux représentant des sujets variés; deuxième : personnage conduisant un bœuf; un autre près d'une cascade.

Deuxième : *signé :* TOSHIHAROU.

284 — Deux bouts et anneaux en shakoudo, gravés et ciselés, incrustés d'or et d'argent. Premier : deux personnages; deuxième : attributs des MANDZAÏ.

Premier : *signé :* TSOUNÉNAÔ; deuxième : YOSHIOKA.

11.

285 — Deux bouts et anneaux en shakoudo, ciselés, incrustés d'or et d'argent. Premier : un personnage à cheval, un autre assis dans l'intérieur d'une maison ; deuxième : sujets guerriers.

Premier, *signé :* NAOMITSHI ; deuxième : MITSOUYASOU.

286 — Deux bouts et anneaux en shakoudo, ciselés, incrustés de divers métaux. Premier : oiseau perché sur une branche ; deuxième : plantes et oiseaux aquatiques.

Premier, *signé :* YASOUTCHIKA.

287 — Deux bouts et anneaux en shakoudo, ciselés, incrustés de divers métaux. Premier : masque d'oni tirant la langue. Feuilles d'arbres et râteau ; deuxième : paysages maritimes.

Premier, *signé :* SEÏOSHI SHOZOUI.

288 — Deux bouts et anneaux en shibouitshi poli, or et argent, inscrustés et ciselés. Premier : roseaux au-dessus desquels vole une cigogne ; deuxième : deux libellules.

Premier, *signé :* ISHIGOURO MASSAMORI.

289 — Deux bouts et anneaux. Premier : en shakoudo poli et or, incrustés et gravés. Shoki regardant un oni qui se dissimule derrière un arbre. Deuxième : bronze poli, gravé au burin, incrusté d'or et d'argent. Un personnage et un cheval sellé.

Premier, *signé :* NAOMITCHI ; deuxième : HAMANO KYOZOUI.

290 — Deux bouts et anneaux en bronze rouge, ciselés. Premier, incrusté d'or et de shibouitshi : Dragons dans les nuages; deuxième, incrusté de shakoudo, décoré d'un motif de pins.

Deuxième, *signé :* MASSAMORI.

291 — Bout et anneau en shibouitshi et divers métaux, incrustés et ciselés. Petits personnages (scènes burlesques).

Signé : GHENTAOU TOÏ.

292 — Un lot de bouts et anneaux en métaux divers, ornés de sujets variés.

KANÉMONOS & MÉNOUKIS

KANÉMONOS

293 — Deux kanémonos en bronze, ciselés et inscrustés de divers métaux. Deux escargots.

294 — Deux kanémonos en bronze et divers métaux, ciselés. Premier : Dharma; deuxième : masque au long nez.

295 — Deux kanémonos en métal argenté, dorés et ciselés. Deux petites tortues.

296 — Deux kanémonos. Premier : en bronze rouge, ciselé. Un lion de Corée; deuxième : en bronze, ciselé. Poule picorant.

Premier, *signé :* NAGAYOSHI.

297 — Deux kanémonos en argent, repoussés et ciselés.

Premier : serpent enroulé autour d'un tronc d'arbre; deuxième : personnage assis ; près de lui un lion de Corée.

298 — Trois kanémonos en fer, ciselés, incrustés d'or et d'argent. Premier : petit personnage sortant d'une cuve; deuxième : un arbre au clair de lune; troisième : dragon du Foudjiyama.
Troisième, *signé* : Tôou.

299 — Deux kanémonos en argent, repoussés et ciselés. Premier : un dragon; deuxième : incrusté d'émaux de diverses couleurs. Fleurs et oiseaux.
Deuxième, *signé* : Yoshisakou.

300 — Plaque de fermoir, face et revers (2 pièces), en shibouitshi ciselé, incrusté d'or et d'argent. Sur une face, légende japonaise; sur l'autre, trois dieux du Bonheur (jolies pièces).

301 — Kanémono en shakoudo, or et argent ciselé et incrusté. Personnages assis.

302 — Kanémono en shakoudo, or et argent ciselé. Masque d'Ouzoumé riant.

303 — Deux petits fermoirs en fer, ciselés, incrustés d'or et d'argent. Premier : japonaise assise, écrivant; deuxième : Daïkokou riant.
Deuxième, *signé* : Itchimïn.

MÉNOUKIS

304 — Deux ménoukis en bronze doré, ciselés. Deux divinités bouddhiques.

305 — Deux ménoukis plaqués d'or, ciselés. Deux lions de Corée.

Premier, *signé :* Massayoshi.

306 — Deux petits ménoukis en bronze, ciselés. Deux langoustes.

Signés : Nara Toshiharou.

307 — Ménouki en shakoudo, or et argent, ciselé. Personnage religieux.

308 — Quatre ménoukis en bronze, ciselés. Balai, râteau et plantes.

309 — Quatre ménoukis en shakoudo, or et argent, ciselés. Premier et deuxième : rats rongeant des daïkos (espèce de radis japonais) ; troisième et quatrième : daïkos et feuilles.

310 — Quatre ménoukis en shakoudo, or et argent, ciselés. Personnages de théâtre.

311 — Trois ménoukis. Premier : en sentokou, ciselé. Un cheval; deuxième et troisième : en shakoudo, or et argent, ciselés. Deux guerriers combattant corps à corps. Petit personnage assis.

312 — Quatre ménoukis en shakoudo, or et argent, ciselés. Voitures de fleurs. Bottes de fleurs.

313 — Quatre ménoukis en shakoudo et or, ciselés. Petits sampans couvert. Instruments de musique japonais.

314 — Quatre ménoukis en shakoudo et or, ciselés. Premier et deuxième : écureuils dans les vignes; troisième : une langouste; quatrième : lion de Corée.

NETZOUKÉS

NETZOUKÉS EN BOIS

315 — Deux netzoukés en bois, sculptés. Premier : rat accroupi tenant sa queue entre ses pattes; deuxième : lapin assis, la patte posée sur une aubergine.
Premier, *signé :* Yasoutada ; deuxième : Toyokadzou.

316 — Deux netzoukés. Premier : Daïkokou jouant avec un enfant; deuxième : personnage de théâtre dissimulant un bâton derrière son dos.
Premier, *signé :* Sanénobou.

317 — Deux netzoukés. Premier : japonais nu essayant de soulever une pierre; il a un œil crevé qui semble lui sortir de l'orbite; deuxième : guerrier courant, portant sous son bras une sorte de bouclier, dont se servaient les Japonais pour se préserver des flèches.
Premier, *signé :* Massatomo ; deuxième : Hidékadzou.

318 — Deux netzoukés. Premier : chèvre couchée; deuxième : bœuf couché.
Premier, *signé :* Mïnko; deuxième : Hoïtsouko.

319 — Deux netzoukés en bois de deux teintes. Premier : une panthère assise; deuxième : tigre accroupi.
Premier, *signé* : Hakouriou; deuxième : Koïn.

320 — Deux netzoukés en bois, sculptés. Premier : un des sept dieux du Bonheur; deuxième : pêcheur de corail.
Deuxième, *signé :* Massaïtchi.

321 — Deux netzoukés. Premier : Foukourokou-djin lisant; deuxième : enfant lisant et pleurant.
Premier : *signé :* Santchio; deuxième : Santôou.

322 — Deux netzoukés. Deux personnages de théâtre.
Premier : *signé :* Yanoghi; deuxième : attribué au même artiste.

323 — Deux netzoukés. Premier : Hoteï; deuxième : personnage debout.

324 — Deux netzoukés. Premier : joueur de flûte; deuxième : personnage de théâtre dansant.
Premier, *signé :* Biyeï.

325 — Deux netzoukés. Premier : aubergines et feuilles; deuxième : une citrouille.

326 — Deux netzoukés. Premier : tigre assis; deuxième : un sampan couvert avec quatre personnes dedans, semblant voguer à la dérive.

327 — Deux netzoukés. Premier : coquillage avec fleurs de prunier, le milieu est en nacre incrusté; près des fleurs une chenille également en nacre; deuxième : feuille repliée sur laquelle une araignée poursuit une mouche.

Premier : *signé :* GUIOKOUSEN TOMOHISSA.

328 — Deux netzoukés. Premier : personnage dans les flots (paraît avoir été sculpté dans une coquille de noix); deuxième : crapaud ramassé sur lui-même.

Deuxième, *signé* : SETSOUKEN.

329 — Netzouké en bois sculpté. Trois rats sur des épis de maïs.

Signé : OKATOMO.

330 — Netzouké en bois noir, incrusté d'ivoire. Aubergines rongées par les vers. Pièce très originale et d'un naturel parfait.

331 — Petit acrobate recouvert d'un masque de lion de Corée ; dans la gueule entr'ouverte l'on aperçoit sa tête ; il est assis et frappe sur un taïko (tambour japonais).

Signé : MIWA.

332 — Sujet analogue au précédent et attribué également à MIWA.

333 — Chanteur musicien. Netzouké de 9 centimètres de haut.

Signé : MASSAYOSHI.

334 — Oni porté par un dauphin (sujet religieux).

335 — Enfants se poursuivant derrière un écran.
Signé : TOKIMASSA.

336 — Netzouké en bois et ivoire, sculpté. Une gourde desséchée sur laquelle sont posées deux mouches.
Signé : TENZEN.

337 — Chien couché la tête entre ses pattes.
Signé : SOZAN.

338 — Personnage debout, un éventail à la main. Ce netzouké était peint.
Signé : SHIOUZAN.

NETZOUKÉS EN FORME DE MASQUES

339 — Petit masque en bois, sculpté et laqué en partie. Ouzoumé riant.

340 — Masque d'acteur.
Signé : SEÏGUIOKOU.

341 — Deux petits masques de rieuses.
Signés : SHIOUZAN.

342 — Masque d'homme riant.
Signé : KORÉSHIGHE.

343 — Deux petits masques. Ouzoumé riant.
Premier, *signé* : GUIOKOUZAN.

344 — Deux masques d'homme, d'un fort beau caractère.
Signés : DÉMÉOUMAN.

345 — Masque d'homme en bois peint. Les moustaches et les sourcils sont en crin.
Signature supposée de DÉMÉJIOMAN.

346 — Masque de Hania.
Pièce attribuée aux premiers DÉMÉ.

NETZOUKÉS EN IVOIRE

347 — Chien couché sur un coussin.
Signé : MASSAÏTCHI.

348 — Deux netzoukés. Premier : tigre assis ; deuxième : lion de Corée avec son petit, sur le dos duquel il a posé une patte.
Premier, *signé* : OKAYOSHI ; deuxième : GUIOKOUKÔ.

349 — Bûcherons travaillant sous des bambous couverts de neige.
Signé : HÏDÉMASSA.

350 — Une tchaya (maison de thé) construite dans un rocher et entourée d'arbres dont les branches l'ombragent. Dans l'intérieur se trouvent quelques Japonaises.

Signé : MASSATOSHI.

351 — Bœuf couché.

Signé : TOMOTADA.

352 — Lion de Corée assis, une patte posée sur une boule et tenant dans sa gueule une bande de tissus fixée à cette boule.

Signé : GUIOKOUYOSAÏ.

353 — Petits buveurs de saké effrayés par un Shojo.

Signé : NAGATSOUGOU.

354 — Senin traversant la mer, debout sur son chapeau.

Signé : MASSATSOUGOU.

355 — Bœuf couché, un enfant se cramponne à la corde servant à conduire l'animal.

Signé : TOMOTADA.

356 — Sampan contenant quatorze personnes, placées d'une façon très originale.

Signé : TADATOSHI.

NETZOUKÉS EN CORNE, OS ET LAQUE

357 — Un grand netzouké de lutteur, bois et corne noire, décoré d'une langouste et de coquillages.

358 — Un petit singe en corne noire sculptée.

359 — Infirme s'appuyant sur sa béquille. Netzouké en os, de 9 centimètres de hauteur.

360 — Grelot en bois de cerf, avec un lézard sculpté au-dessus.

361 — Hoteï et un enfant (netzouké en écaille).

362 — Deux petites gourdes. Première : en laque rouge foncé, décorée d'un dragon dans les flots ; deuxième : en laque rouge, décorée d'un paysage.

363 — Un netzouké imitant un caillou, en laque brun, décoré d'un ver à soie et d'un papillon en laque d'or.

NETZOUKÉS-BOUTONS

En ivoire, métal, bois, os, corne et laque.

364 — Deux netzoukés-boutons. Plaques en shibouïtshi ciselées et incrustées de divers métaux, enchâssées d'ivoire. Premier : un oni fait griller du maïs, il anime le feu avec son éventail ; deuxième : feuilles et fleurs de pivoines.

365 — Netzouké-bouton. Plaque en bronze (deux teintes), ciselée et enchâssée d'ivoire. Campagnard courant.
Signé : YASOUTCHIKA JIOUGUIOKOU.

366 — Netzouké-bouton. Plaque en shakoudo, gravée et incrustée, enchâssée dans un rond d'ivoire. Pivoines.
Signé : SOMÏN.

367 — Netzouké-bouton. Plaque en shibouïtshi, ciselée, incrustée d'or et d'argent, enchâssée dans un rond d'ivoire. Combat de Yoshitsouné contre le géant Benkeï. — Une plaque en shibouïtshi, ciselée et incrustée. Femme saisie par une pieuvre.
Signé : RIOUMÏN.

368 — Netzouké-bouton. Plaque en shibouïtshi, ciselée, incrustée de divers métaux. Personnages de théâtre riant. Cette plaque enchâssée dans un bouton d'ivoire de très jolie patine, sculpté, ajouré, représentant un écureuil dans une vigne.
Signé : KATSOUSHIRO.

369 — Netzouké-bouton. Plaque en shakoudo, ciselée et incrustée d'or et d'argent, enchâssée dans un rond d'ivoire. Personnage assis.
Signé : SÔMÏN.

370 — Deux netzoukés-boutons. Premier : plaque en shibouïtshi, gravée et incrustée, enchâssée dans un rond d'ivoire. Marinier conduisant un train de bois; deuxième : plaque en shibouïtshi, ciselée, incrustée de

divers métaux, enchâssée dans du bois noir. Un oni en fuite.

371 — Netzouké-bouton. Argent repoussé, ciselé, ajouré, enchâssé d'ivoire. Feuilles et fleurs de pivoines.

372 — Bouton d'ivoire, incrusté de métal ciselé. Danseurs Japonais. Scène burlesque dans le goût de Itchio.
Signé : GHETSOUKO.

373 — Bouton en ivoire (complètement évidé). Feuilles et fleurs très finement sculptées.
Signé : HIDENAÔ.

374 — Deux boutons. Premier : en ivoire sculpté, complètement évidé. Lys en fleurs ; deuxième : en bois, travail analogue au précédent. Feuilles et fleurs.
Deuxième, *signé* : YANOGHI.

375 — Bouton en os incrusté de métal, ciselé. Sur une face un oni entraînant une femme (Komatshi jeune, sans doute) ; sur l'autre, un Japonais courant.

376 — Netzouké-bouton. Plaque en shibouïtshi, ciselée, enchâssée dans une section de dent de narval. Petit personnage bravant un tigre.
Signé : TENMÏN.

377 — Deux netzoukés-boutons. Premier : en fer et divers métaux, ciselé. Un oiseau en relief, becquetant un fruit ; deuxième : en fer ciselé. Feuilles et fleurs.
Premier, *signé* : NAGAYOSHI ; deuxième : KATSOUSHIGHÉ.

378 — Deux netzoukés en fer et divers métaux, ciselés. Premier : coquillage; deuxième : paysage avec personnages.

379 — Grand bouton en argent repoussé et ciselé. Pivoines et papillon.

380 — Netzouké-bouton en fer, incrusté d'or. Sur une face, branche de prunier en fleurs; sur l'autre, soleil levant.

381 — Netzouké-bouton en vieux cloisonné, orné d'un motif de feuilles et fleurs.

382 — Netzouké-bouton en bois laqué, incrusté de nacre. Fleurs, feuilles et papillon.
Signé : WOSASHIGHÉ.

383 — Netzouké-bouton, laqué. Feuilles et fleurs, laqué noir sur fond rose.

384 — Deux netzoukés-boutons. Premier : bois laqué brun incrusté de nacre. Papillons de diverses couleurs; deuxième : bois laqué. Petites gourdes et feuilles en or.

385 — Deux netzoukés-boutons en corne noire. Premier : décoré d'un sujet guerrier; deuxième : personnage jouant de la flûte.

386 — Netzouké-bouton en corne noire, sculptée. Femme luttant avec un dragon dans les flots.

387 — Un lot de netzoukés en bois et diverses matières, sculptés de sujets variés (Ce lot sera divisé).

INROS EN LAQUE

ET DIVERS

388 — Deux inros. Premier : laque noir et or, avec incrustations de nacre. Hotcï surveillant des enfants dans un paysage ; deuxième : laque noir et argent, incrustations nacre. Paysages.

389 — Deux inros. Premier : en bois sculpté et laqué de couleur brune. Paysage avec personnages ; deuxième : en laque noir et or avec paillettes. Ours chimérique allant boire à un ruisseau. Herbes et fleurs.

390 — Deux inros en laque d'or frotté, avec paillettes. Temples, paysages et marines. Environs de Kiyoto.

391 — Deux inros en laque noir et or. Premier : prunier en fleurs et saule au bord d'un ruisseau ; deuxième : herbes, fleurs et papillons.

392 — Deux inros en laque noir et or. Premier : feuillages, fleurs, voiture et dragon ; deuxième : fleurs et herbes au bord d'un ruisseau.

393 — Deux inros. Premier : laque or et argent. Sangliers dans les brousses ; deuxième : laque argent et noir. Vol de corbeaux.

394 — Inro en laque noir et or. Gerbes de fleurs avec application d'or jaune.
Signé : KADJIKAWA (avec cachet).

395 — Inro en laque d'or. D'un côté un lion de Corée (application d'or jaune) ; de l'autre, une pivoine.
Attribué à l'un des KADJIKAWAS.

396 — Inro en laque noir et or, avec paillettes. Un lion de Corée se grattant ; autre face, feuilles et fleurs (application d'or jaune).

397 — Inro en laque d'or frotté, avec paillettes. Temples, paysages et marines. Environs de Kiyoto.

398 — Inro laqué d'or, frotté et pailleté. Paysages et marines des environs de Kiyoto ; avec un netzouké-bouton en narval incrusté de nacre et d'écaille (branche de pivoine fleurie et papillon), et un coulant en shakoudo, argent et or ciselés (petite branche de pivoine en fleurs).
Signé : IYÉKADZOU (sur le coulant).

399 — Inro en bois sculpté. Un dragon dans les nuages.
Signé : TOYOMASSA.

399 (bis) — Un lot d'inros en laque, ornés de sujets variés.

PEIGNES & DIVERS OBJETS

EN LAQUE

---

400 — Deux grands peignes. Premier : en laque noir et or. Carpe nageant ; deuxième : en laque d'or. Paysages et paysans au travail.

401 — Deux petits peignes en laque brun et or, décorés de feuilles et du mon des Tokougawas.

402 — Deux peignes en laque brun et or. Paons et fleurs.

403 — Deux peignes. Premier : laqué d'or. D'un côté, une boite et un masque ; de l'autre, feuilles d'or sur fond noir grenu ; deuxième : en laque rouge, noir et or. Sujets divers avec inscriptions.

404 — Trois peignes. Premier : en laque d'or et noir grenu. Vol de cigognes ; deuxième : en écaille et laque noir. Paysages et marines ; troisième : en laque rouge et or. Paysages, oiseaux et personnages.

405 — Peigne en laque d'or. Lions de Corée et pivoines en relief.

Signé : MINÉYOUKI.

406 — Grand peigne en laque d'or de l'époque de Chenrokou. D'un côté, paysage et vol de cigognes; de l'autre, Daïmio accompagné de ses serviteurs.

407 — Deux coupes. Première : en laque rouge et or. Jonque sur la mer, tortue et cigogne; deuxième : plus petite, en laque rouge, or et argent. Arbre, fleurs et cigogne.

Première, *signée* : MATSOUSHIGHÉ; deuxième : MATSOUKAWA GUIOKOUZAN.

408 — Coupe en vieux laque rouge. Feuilles et fleurs d'or.

409 — Un sakourasaké (objet servant à poser la coupe à saké). Spécimen de laque brun très ancien. Fleurs et chimères en relief.

410 — Une coupe sur pied en laque noir et or. Arbre et cigogne; au fond le Foudjiyama.

411 — Sorte de filtre en laque noir et bronze gravé. Dragon et animal fantastique.

412 — Quatre petites boites. Première : en écaille et laque d'or. Décorée d'un semis de fleurs de prunier; deuxième : en ivoire et laque d'or. Plante et insecte; troisième : en laque noir et or. Arbre et potiche; quatrième : en bois laqué et incrusté avec cachet.

CÉRAMIQUE [1]

---

413 — **Avata.** — Une petite bouteille verseuse, couverte blanc gris, avec décor d'herbes, en noir.

Un pot à feu, décoré de feuilles et fleurs de chrysanthème.

Deux bouteilles à saké, décorées de plantes et fleurs de diverses couleurs.

414 — **Ahada.** — Deux pots à pinceaux, décorés de fleurs de prunier.

415 — **Banko.** — Porte-bouquet-applique, en forme de gourde, d'où s'échappe un crapaud.

Deux porte-bouquets figurants des troncs d'arbres décorés d'oiseaux et de fruits.

Deux porte-bouquets en forme de corbeilles tressées.

Une bouteille à saké en deux tons, gris et vert.

Deux petites verseuses à anses : l'une affectant la forme d'une feuille; l'autre, figurant un tronc d'arbre.

(1) Pour faciliter le classement de la céramique, nous avons rangé sous un même numéro les pièces provenant d'une même fabrique. A la vente, ces numéros seront fractionnés par les soins de l'Expert.

416 — **Bizen.** — Deux porte-bouquets-applique en forme de personnages, en jaune et gris.

Fumeur assis. Statuette de $0^{m},20$ de hauteur, couverte brun veiné.

Pot à pinceaux en forme de tronc d'arbre coupé.

417 — **Imari.** — Deux pots à cendres, un petit et un grand, décorés de prunier en fleurs, sur fond blanc.

Deux pots à cendres, décorés de feuilles et de fleurs sur fond blanc.

Deux pots à cendres : l'un, décoré de fleurs et de hérons en diverses couleurs, sur fond blanc ; l'autre, d'arbres et de fleurs.

Un autre, décoré en bleu, rouge, vert et or, sur blanc.

Petit pot carré en très vieil Imari craquelé, à décor de plantes et fleurs de diverses couleurs, sur fond blanc.

Bol à préparer le thé, avec son couvercle. Décor rouge et or sur fond blanc à l'extérieur ; dragon bleu, sur blanc à l'intérieur.

Un autre, décoré de feuilles et fleurs de diverses teintes, sur fond blanc.

Petit plat creux, décoré d'arbres et de fleurs, sur fond blanc.

Deux bouteilles à saké, décorées de motifs de fleurs et feuilles, sur fond blanc.

Un sakourasaké de forme carrée, ajouré à fond blanc, décoré de chauves-souris.

Deux autres, décorés l'un de fleurs et de bambous ; l'autre, d'oiseaux et de fleurs.

Un bol pour préparer le thé, orné de feuilles et fleurs de diverses teintes, sur fond blanc.

Un bol vieil Imari Shuzara. Feuilles, fleurs et oiseaux fantastiques, en diverses teintes, sur fond blanc.

418 — **Hizen Shirato.** — Un pot avec couvercle garni de coquillages.

419 — **Hizen Karatsou.** — Petite boîte ronde avec couvercle.

420 — **Koutani.** — Brûle-parfum avec son couvercle, décoré d'un paysage et d'un dragon.

Une bouteille à saké. Koutani vert, décoré en bleu.

Petit bol à saké, décoré de plantes et fleurs.

Porte-bouquet-applique, représentant un panier sur lequel se promène une araignée. Orné sur fond blanc de plantes décoratives, dans lesquelles le vert et le rouge dominent.

421 — **Kenzan.** — Un bol de forme très évasée, décoré de fleurs et d'oiseaux.

422 — **Kinkozan.** — Grand tchawan, décoré en bleu foncé sur gris, de fleurs et feuilles.

Un autre plus petit, décoré en relief, de feuilles et fleurs bleues et jaunes, sur fond noir.

423 — **Nabéshima.** — Un plat creux, en porcelaine blanche, décoré en bleu, de plantes et de fleurs aquatiques.

Un tchawan, décoré de la même façon.

424 — **Owari**. — Deux petits vases ou pots à pinceaux, décorés en relief de fleurs de jolies couleurs.

Deux porte-bouquets-applique. L'un, émaillé en gris craquelé, décoré en bleu, d'oiseaux et plantes; l'autre, en forme de bambou, décoré de plantes et d'un escargot.

Brûle-parfum, figurant un lion de Corée sur ses quatre pattes.

Plat rond, décoré d'un paysage dont la perspective est fermée par le Foudjiyama.

425 — **Saïkiyo Avata**. — Une bouteille à saké, décorée d'un paysage des environs de Kiyoto.

426 — **Saïkyo Bizan**. — Petit pot, ou boîte très jolie, décorée de fleurs, bleu sur fond blanc.

Un autre petit pot à cendre, décoré de fleurs, bleu foncé, jaune et diverses couleurs.

427 — **Saïkyo Bounshiro**. — Un plat creux, de forme cylindrique, décoré de plantes grimpantes.

428 — **Saïkyo Koban**, vieux. — Un porte-bouquet-applique, à couverte blanche craquelé.

429 — **Saïkyo Kosobeï**. — Un tchawan cylindrique, (forme de vis) à couverte crème.

430 — **Saïkyo Nïnseï**, vieux. — Un plat creux, décoré de plantes, en bleu et vert.

431 — **Saïkyo Ranghetsou**. — Petite théière en forme de légume avec une poésie inscrite autour.

432 — **Saïkyo Rakou.** — Un plat rectangulaire décoré d'un paysage en brun sur fond gris.

Pot à cendre en terre brune.

Petite marmite verseuse.

Petite marmite avec pied.

Une boîte en forme de légumes, décorée en bleu et vert.

Un pot-verseuse avec couvercle, représentant un pigeon lissant ses plumes.

Rakou noir, un porte-bouquet-applique en forme de cornet, mouche et arbre en relief.

433 — **Saïkyo Rokoubeï.** — Un plat avec anse, décoré de feuilles et fleurs en bleu foncé sur fond blanc.

Un grand pot-verseuse, décoré en bleu; extérieurement, pruniers en fleurs; intérieurement, plantes aquatiques.

434 — **Saïkyo Shibiyaki.** — Deux porte-bouquets-applique. L'un, en forme de cornet, décoré d'herbes; l'autre décoré en relief d'un poisson, etc.

435 — **Saïkyo Shitogata.** — Personnage tenant un gros poisson par les ouïes (jolie pièce qui devait servir de porte-bouquet).

436 — **Saïkyo Sôouma.** — Bouteille à saké à panse sphérique, à couverte de nuances changeantes.

437 — **Saïkyo Shtibeï.** — Un pot à thé, à décor bleu et noir sur fond blanc.

438 — **Saïkyo.** — Porte-bouquet-applique, sorte de corbeille à couverte blanche.

Deux bouteilles à saké. L'une de jolie forme : un primitif décor de fleurs bleues sur fond crème. L'autre avec une anse, décorée de fleurs de prunier en bleu sur gris.

Statuette de Kwanon, en vieille porcelaine blanche.

Deux porte-bouquets-applique décorés en bleu et blanc de motifs d'herbes.

Deux autres. L'un, en forme de cornet décoré d'une branche de sapin et d'une poésie; l'autre, en forme de vis, à couverte gris piqueté.

Bouteille à saké, à panse sphérique et très petit goulot, décorée en bleu sur blanc d'un joli petit paysage.

Boîte ou pot à thé avec couvercle en porcelaine blanche, décoré en bleu de sujets fantastiques.

439 — **Satsouma.** — Une théière décorée d'herbes et de plantes.

440 — **Taniba Seïjiou.** — Pot à cendre ou à pinceaux, représentant Hoteï tenant son sac ouvert.

441 — **Tokio Rakou.** — Petit pot décoré de camélias et de papillons.

442 — **Pièces non classées.**

Deux petits plats de jolies formes, décorés en plusieurs couleurs de plantes et d'oiseaux.

Socle de vase, très joliment décoré de lions de Corée et de fleurs.

442 *bis* — Un lot de pièces de fabriques diverses.

ESTAMPES [1]

443 — HIROSHIGHÉ. — Huit pièces, dont :

1° La dorade rose.

Planche tirée de la fameuse série des poissons.

2° Six paysages, dont plusieurs de toute beauté, tirés de divers Tokaïdos :

Paysan cuisinant au pied d'un gros arbre.

Le Foudjiyama vu d'une route bordée d'arbres.

Torii et sapin au bord d'une route.

Ces deux pièces sont en hauteur.

Halte de portefaix.

Cortège de Daïmio passant en vue de la mer.

Admirable composition.

Vague auprès de l'entrée d'une grotte.

Une des planches célèbres du maître.

3° Une planche tirée de l'histoire des Ronins.

(1) De même que pour la céramique, nous avons, cherchant avant tout la commodité du lecteur, rangé toutes les pièces faisant partie de l'œuvre d'un même maître sous un même numéro. Il va sans dire que ces pièces seront vendues séparément ou tout au moins par lots.

444 — Hokousaï. — Six planches représentant des scènes de l'histoire des *quarante-sept Ronins.*

Gravures de la meilleure époque du maître, se distinguant par la science des compositions, le rendu dramatique des sujets et la beauté des paysages, au milieu desquels se passent les actions. Plusieurs de ces pièces sont rehaussées d'argent comme des sourimonos.

— Douze pièces faisant partie de la série célèbre des *trente-six vues du Foudjiyama.*

Ces planches, en excellent état, sont trop connues pour que nous en fassions ici l'éloge. Nous nous contenterons d'indiquer celles qui font partie de la présente collection.

Pêcheur à la pointe d'un rocher.
Sampan au bord d'un lac marécageux.
Hommes et chevaux gravissant une colline.
Ouvriers réparant une toiture.
Halte des pèlerins sur le flanc du Foudjiyama.
Le tonnelier.
Cheval de somme et pêcheurs.
Bateau traversant une rivière près d'un pont.
Les scieurs de long.
Le chantier de bois.
Village au bord de l'eau.
Nihon bashi (c'est-à-dire pont du Japon; il est construit sur la Soumida, à Yédo).

— Six planches tirées du *Tchashin Gwafou*, célèbre recueil du maître.

Ces pièces sont toutes dans un état que l'on rencontre rarement aussi parfait.

Carpe nageant.
Renard au clair de lune.

Aigle au guet sur une branche.
Les lapins.
Le faisan.
Le lion de Corée.

Cette dernière pièce porte le curieux cachet dont le maître a presque toujours signé ses œuvres originales (kakémonos, etc.).

— Trois estampes célèbres de la même époque de la vie d'Hokousaï.

Ces planches, comme les précédentes, sont du tout premier tirage.

Trois dieux du Bonheur, *Foukourokou-djin, Daïkokou et Yébisou*, mis en joie par la lecture d'un makimono.

Poète en contemplation devant les amours de deux papillons.

Ouvrier laquant la base d'un torii.

— Deux estampes faisant partie des *trente-six vues du Foudjiyama.*

Le coup de vent.
Les scieurs de long.

— Une planche en hauteur, représentant un pont couvert de passants.

445 — Itchio. — Onze estampes.

Toutes excellentes de tirage et en très bon état de conservation, ce sont des compositions de premier ordre, d'un dessin admirable de vie et de vérité. Leur beauté s'impose et se passe de commentaires.

L'éléphant blanc.
Les acrobates.
Le cheval rétif.

Les fiançailles.
La danse du lion de Corée.
Montreurs de singes.
Jeunes femmes à la promenade.
Les six poètes.
Le bateleur.
L'araignée géante.
Jeune femme endormie.

Cette dernière pièce est un pur chef-d'œuvre, ainsi que les deux précédentes; les huit autres ne leur cèdent guère en beauté.

— Sept estampes du même maître.

Les personnages sont plus petits que dans celles que comprend le numéro précédent. Elles sont également bien composées, tirées et conservées.

Ce sont : Les bacs.

Composition en trois planches. Les mouvements sont étonnants de naturel et d'humour.

La première représente l'embarquement d'un cheval dans un des bacs, et un cavalier s'approchant du bord. Dans la seconde, les gens, embarqués déjà, regardent curieusement l'animal qui se rebiffe. Dans la troisième, un autre bac chargé de monde pousse au large, tandis qu'au fond un gamin traverse l'eau sur un buffle.

La maison de thé sur l'eau.

Composition en deux planches, charmantes d'esprit gai et de fine observation.

Le spectacle en plein vent.

Scène populaire très joyeusement observée et rendue.

Maison de thé au bord de l'eau.

Estampe gracieuse et humoristique.

446 — Keïsaï-Yeïsen. — Tryptique représentant une troupe d'enfants se livrant, sous les yeux de leurs mères, a des divertissements variés.

Composition toute gracieuse, spirituellement observée et largement dessinée.

— Trois estampes : 1° Courtisane, vêtue de costumes, riches et de tons harmonieux, lisant auprès d'un appareil de fumeurs. En haut de l'estampe, dans un petit carré, trois personnages très vivants paraissent se promener.

2° Jeune femme à son balcon; derrière elle, deux lanternes, dont l'une porte le mon des Taïras et l'autre celui des anciens daïmios d'Ako.

Ce fut la mort tragique du dernier de ceux-ci qui devint l'occasion du dévouement des 47 Ronins.

3° Femme tenant une lettre.

— Keïsaï-Yeïsen (Attribué à). — Cortège nuptial d'une riche princesse se rendant, avec ses femmes, ses serviteurs et ses objets mobiliers, à l'habitation de son nouvel époux.

Cette composition très curieuse serpente sur trois feuilles.

447 — Kiyohiro. — Un jeune homme, vêtu d'un costume princier, porte l'éventail que l'on voit habituellement aux mains des juges des luttes.

Estampe de petit format en hauteur, très curieuse. Coloration sobre et doucement harmonieuse. Les œuvres de cet artiste délicat, surtout celles de l'époque de notre planche, sont peu communes.

448 — Kounimarou. — Tryptique (imprimé dans une tona-

lité claire), représentant un magasin fort achalandé situé au coin de deux rues remplies de passants.

La djonkina.

La djonkina est une danse populaire à laquelle se livrent, dans cette estampe gracieuse, de jeunes femmes élégamment habillées, qui prennent des attitudes charmantes.

Courtisane et son serviteur.

Pièce exquise, d'une grande douceur de coloris. Mouvements simples et vrais. Dessin rappelant un peu la manière du grand Toyokouni.

Kïntoki (l'enfant rouge) armé de sa terrible hache. Sa mère est derrière lui.

Petite estampe en hauteur.

449 — Kouninaga. — Scène de théâtre entre cinq personnages, dont l'un, au fond, paraît être Shôki. Les quatre autres sont trois hommes, dont un prince assis au premier plan, derrière lequel une jeune femme se tient debout.

Composition toute simple et charmante; dessin très pur; couleur délicatement harmonieuse.

449 *bis* — Kounitérou. — Suite de douze planches représentant des scènes tirées de l'histoire des quarante-sept Ronins.

450 — Moronobou. — Jeunes femmes et fillette à la promenade.

Pièce intéressante du doyen des peintres-graveurs Japonais.

450 *bis* — Kouniyasou. — Tryptique représentant une fête

sur l'eau. Au loin la foule, massée sur un pont, admire un feu d'artifice, et des sampans glissent sur le fleuve. Au premier plan, nombreux promeneurs devant des maisons de thé remplies de monde.

Jeune femme occupée à se nettoyer les dents.

Liseuse dans l'attitude de la perplexité.

Deux théories : l'une représente le cortège d'une jeune princesse voyageant dans son norimono (palanquin) au milieu de ses femmes. L'autre nous montre un tout jeune Daïmio à cheval, accompagné d'un grand nombre de samouraïs et de serviteurs.

Dans cette dernière pièce, aucun des membres du cortège n'a atteint l'adolescence, de sorte qu'il ne faut peut-être voir là qu'une amusante mascarade d'enfants. Ces deux théories charmantes défilent sous des cerisiers en fleurs.

451 — Kouniyoshi. — Un héros, nu et richement tatoué, foule aux pieds un ennemi vaincu.

Une jeune femme, dans un costume bleu clair des plus coquets, fait manger son enfant.

Portraits de trois acteurs, deux en homme et un en femme.

Jeune femme debout auprès d'un écran décoré d'un canard mandarin.

Fillette au milieu d'un site sauvage.

Kouniyoshi (Attribué à). — Tryptique représentant des héros en armes autour du célèbre poisson-géant, cause des tremblements de terre, suivant les anciennes superstitions japonaises.

Pièce très curieuse, bien composée et dessinée..

452 — Osaka (École d').

Hokoushiou Shinkô. — Quatre estampes représentant des portraits d'acteurs :

1° Personnage brandissant un poignard muni d'un crochet ;

Cette sorte de poignard se voit d'ordinaire entre les mains des pompiers.

2° Femme tenant un éventail, auprès d'un puits;

3° Homme se précipitant en avant, le sabre à la main;

4° Courtisane paraissant effrayée.

Kounishiro. — Quatre estampes :

1° Jeune veuve de Samouraï promenant son fils;

2° Portrait d'un acteur, représenté brandissant un sabre sous la pluie;

3° Acteur revêtu d'une robe décorée de bambous et de taïs (dorade rose); il tient à la main un masque d'Ouzoumé;

4° Une femme, drapée dans un riche costume semé du mon des Mori d'Ako, s'appuie, d'un geste dramatique, contre une porte close.

Inconnus. — Deux estampes représentant des portraits d'acteurs : le premier, le pied sur une table, se gratte le bras d'un geste perplexe; l'autre, drapé dans une longue robe noire, danse autour d'une vaste coupe, tenant d'une main une cuiller à saké et de l'autre un éventail.

Ces dix pièces, fort bien imprimées, présentent les types caractérisés de l'École d'Osaka.

453 — Ountan. — Petite estampe, d'un beau dessin, très sobrement coloriée, représentant un samouraï descendant un escalier et surprenant un homme aux pieds de sa femme.

Bonne composition.

454 — Outamaro. — Estampe faisant partie de la célèbre série qui contient la *Sortie nocturne*, et représentant un sujet analogue. Une jeune femme d'une figure charmante, la tête couverte d'une étoffe noire, s'avance dans la nuit, accompagnée d'un serviteur qui porte une lanterne et un coffret de laque.

Cette pièce, pour un peu rognée qu'elle se trouve, n'en est pas moins admirable. La grâce de la femme, le mouvement simple et juste de l'homme, la manière dont les deux personnages sont groupés, font de cette estampe une des bonnes œuvres d'Outamaro. Sa séduction subsiste tout entière, malgré la diminution que cette pièce a subie.

Courtisane rêveuse, tenant un makimono. Elle est assise gracieusement parmi les plis de sa riche robe ornée de chrysanthèmes et paraît laisser vaguer distraitement sa pensée.

Deux jeunes femmes.

Porte-bouquet, d'une forme simple et élégante, contenant deux branches fleuries.

Planche dessinée avec un sentiment exquis de la nature.

455 — Sadatora. — Planche double, imprimée dans une tonalité qui rappelle celle des vieilles tapisseries. Elle représente des jeux d'enfants dans un jardin.

Paysage habilement traité. Mouvements des petits personnages très finement observés.

456 — Shikô. — Deux estampes au trait, admirablement imprimées et d'un dessin charmant qui rappelle les bonnes œuvres de son maître Outamaro.

Promenade nocturne de danseurs et de musiciens.

457 — Shounteï. — Cinq tryptiques remarquables, d'une grande largeur de dessin, d'un beau style décoratif, d'un dessin puissant et d'une harmonie sobrement riche :

La lutte au Cordon, scène légendaire des mœurs de la cour des Minamotos.

Repas avec danses, chants et scène d'ivresse (tiré de la légende de Hania).

Les trois derniers tryptiques représentent des sujets empruntés à l'histoire de la guerre des Minamotos et des Taïras.

458 — Shountchô. — Un cavalier formidablement armé, comme on représente Benkeï, assomme un adversaire à coups de poing.

459 — Shounyeï. — Personnage armé de deux sabres et portant un tambourin.

Estampe en hauteur de petit format, d'une exquise élégance et d'une charmante harmonie de couleur.

460 — Tamekawa. — Crabes et poissons.

461 — Tchôki. — Courtisanes à la promenade, accompagnées de deux petites servantes.

La couleur très sobre est éminemment harmonieuse; l'allure des femmes d'une haute distinction.

462 — Toyokouni Ier. — Cinq beaux portraits d'acteurs, représentés de la manière suivante :

Une femme tenant une lettre et vêtue d'une robe richement décorée de camélias en fleurs.

Une guesha portant un tambourin sur l'épaule. Son charmant costume est orné de fleurs de cerisier.

Ces deux pièces, en fort bon état, sont d'une grande allure et d'une couleur superbe.

Une jeune femme s'éventant.

Un homme, armé d'un sabre, se préparant au combat.

Un homme parlant à une femme accroupie à ses pieds.

Petite estampe représentant une jeune femme souriante coupée à mi-corps.

Ces six pièces, d'un style noble, d'un dessin large et admirablement imprimées, sont de l'époque à laquelle Toyokouni Ier était en possession définitive de son talent. Bien personnel alors, dégagé du souvenir de ses attaches premières, il jouissait de toute la liberté et de toute la puissance de son pinceau, de toute la magie de sa couleur.

463 — Toyokouni II. — Trois portraits d'acteurs. Le premier représente un riche et élégant samouraï, vêtu d'une robe brun clair décorée de branches de haghi et tenant un éventail à la main.

Le second joue le rôle d'une jeune femme et berce un enfant.

Le troisième nous montre un seigneur dans un riche costume orné de coqs.

Ces trois pièces, fort bien imprimées, sont, la première et la troisième surtout, d'une couleur exquise. Cette dernière porte le premier nom de Toyokouni II : Kouni Sada. Il est par conséquent de la jeunesse de l'artiste, à cette époque où son maître ne lui avait point encore permis de prendre son nom.

464 — Tsoukimaro. — Scène d'intérieur d'une *maison verte*. Un libertin, en compagnie de deux jeunes et gracieuses courtisanes, met son manteau, se disposant au départ.

Estampe d'une couleur charmante.

465 — Yeïshin. — Courtisane déroulant un makimono.

465 *bis*. — Yeïzan. — Deux jeunes femmes, dans un jardin, causent ensemble, en respirant les senteurs des arbres fleuris.

Cette pièce est de la première époque d'Yeïzan. Les femmes ont une allure noble et gracieuse. La coloration est harmonieuse et simple.

Guesha et sa servante. La jeune musicienne accorde son instrument.

Charmante composition d'un beau ton et d'un bon tirage.

Jeune courtisane rajustant sa toilette.

Costume élégant et riche, d'une harmonie très douce.

Yeïzan (Attribué à). Cinq estampes de petit format, représentant chacune une jeune femme surveillant les ébats de deux enfants.

Figures gracieuses ; compositions charmantes.

466 — Yoshikadzou. — Quatre planches représentant des scènes d'escrime.

PEINTURES & DESSINS

SUR SOIE OU PAPIER

---

467 — Chikanobou. — Deux grues auprès d'un pin.

Bon dessin, composition d'un sentiment décoratif.

467 *bis* — Dôshïn. — Soleil derrière un pin.

Monture doucement harmonieuse.

468 — Ghenmeï Odjii, de Boushiu. — Une princesse, debout, se retourne à demi et incline la tête pour regarder une boîte à écrire posée à ses pieds.

Peinture très soignée, exécutée dans une gamme claire. Le mouvement est d'une grâce charmante, le costume élégant et harmonieux. Monture, d'un goût délicat, faite avec de jolies étoffes anciennes.

469 — Hanaboussa Issen. — Coq, poule et poussins.

Peinture habilement exécutée suivant la manière large transmise par les maîtres du XVIIe siècle.

470 — HANABOUSSA ITCHIÔ. — Mandzaï. — Souhaiteurs de bonne année.

Peinture bien montée, à une époque déjà ancienne. Les personnages sont représentés dansant, suivant l'usage, en criant leurs vœux. Dessin souple. Mouvements d'une grande vérité d'observation.

470 *bis*. — Même sujet.

Les Mandzaïs sont représentés ici devant la porte d'une maison. Peinture pleine de vie et d'humour, comme la précédente. Monture ancienne.

470 *ter*. — Senin monté sur une grue, passant devant la toile d'une araignée géante.

Peinture d'une grande souplesse. La grue est superbe et le paysage largement traité.

471 — HOKOUKAÏ TAÏJIOU. — Paysage pris au bord de la mer. Au fond, le Foudjiyama.

472 — INCONNUS. — Trois très anciens kakémonos démontés, représentant des personnages religieux.

Bonnes vieilles pièces bouddhiques un peu fatiguées, mais d'un grand sentiment décoratif. Dessin large. Couleur harmonieuse.

473 — Carpe remontant un courant.

Bonne peinture; mouvement justement observé et rendu. Eau bien transparente. Cette pièce, simplement montée, est datée du vengo de Tenhô.

474 — Kakémono démonté, en soie brodée, d'une facture très large et d'un beau dessin, représentant deux grues perchées sur un pin.

Très bonne pièce dont les analogues sont assez rares.

475 — Petit kakémono élégamment monté, représentant un sujet religieux.

Vieille peinture de l'École bouddhique.

475 *bis*. — Kakémono démonté, représentant une gracieuse apparition de femme, formée dans la vapeur d'un bol de thé, placé sur une table au milieu des fleurs.

476 — Dix-sept éventails. Peintures originales, dont plusieurs d'une grande beauté, exécutées par divers artistes.

Moineau sur une branche de bambou.

Peinture large, d'une grande habileté, étonnante de vérité et de vie.

Les six poètes : éventail exécuté par six peintres différents.

Coq et poule.

Yébisou (l'un des sept dieux du Bonheur).

Cerisier en fleurs.

Marchand de bonbons soufflés.

Tortue.

Jeune femme accompagnée de deux enfants.

Peinture d'une grâce et d'une couleur charmantes.

Hirondelle sur les flots.

Attributs de Mandzaï.

Pin.

Coucou passant devant la lune.

Cinq paysages variés dont deux fort habilement exécutés.

477 — Kachiô (Attribué à). — Kakémono élégamment

monté, représentant un oiseau sur une branche d'arbre en fleurs.

478 — KANO KAGHÉNOBOU. — Dragon dans les nuages.

Large peinture à l'encre de Chine. Monture harmonieuse.

479 — KANO MASOUNOBOU. — Déesse assise sur un lion de Corée, probablement Monjiou, déesse de la littérature.

Bonne et large peinture à l'encre de Chine. Monture ancienne, simple et de bon goût.

480 — KANO TANYOU. — Paysage au bord de la mer.

Peinture malheureusement un peu éprouvée par le temps, ayant été montée avec une grande et simple élégance. Le prodigieux talent du maître se révèle ici. Cette esquisse est naturaliste et suggestive à ce point que, dans l'impression éprouvée, on démêle mal où s'arrête la part prise par l'artiste et où commence l'œuvre de l'imagination.

481 — KANO TSOUNÉNOBOU. — Vue du Foudjiyama.

Beau paysage, simplement et largement traité par l'artiste, dans la manière si suggestive de son père Yasounobou.

481 *bis*. — Deux petites peintures à l'encre de Chine, représentant : l'une, le Senin au dragon ; l'autre, un paysage neigeux, dans lequel un personnage chemine sur un pont.

482 — KANO YASOUNOBOU. — Un oiseau perché sur une branche de prunier en fleurs.

Sûreté de main remarquable. Esprit de la nature et sens décoratif bien caractéristiques de l'école dont Yasounobou fut un des maîtres illustres. Monture ancienne très simple, s'harmonisant bien avec la tache de la peinture à l'encre de Chine.

482 *bis* — Petite peinture à l'encre, représentant une déesse nimbée, assise sur un rocher au bord de la mer.

483 — Mitsououyoshi. — Grues dans les roseaux.

Cette peinture est empreinte d'un grand sentiment de vérité.

484 — Naôharou. — Faucon perché sur un saule par un temps de neige.

Bonne vieille peinture portant le cachet du maître. Monture discrète, d'un goût délicat.

485 — Ogata Korïn. — Coin d'un parterre de fleurs.

Bonne composition harmonieuse de ton et largement dessinée, portant la signature et le cachet du célèbre maître, dont les œuvres sont rares en Europe et peu communes mêmes au Japon.

486 — Okio. — Bataille d'enfants.

La mêlée est générale, mais ne semble pas devoir être sanglante. Quelques mèches de cheveux seront peut-être les trophées des vainqueurs, si ceux-ci tirent assez fort pour que le jeu dépasse les bornes. Aucun des marmots n'a l'air de souffrir, et pourtant chacun y met un entrain extraordinaire. Le dessin puissant, la couleur riche et harmonieuse, la composition et les mouvements d'une vérité saisissante, font de cette peinture une pièce de grand art. Bonne monture ancienne.

487 — Outagawa Haroumitsou. — Deux petites peintures représentant un prince et une princesse richement vêtus et portant chacun un faucon.

Ces pièces, fort élégantes de dessin et gracieuses de poses, sont d'un charmant coloris.

488 — OUTAMARO. — Portrait de jeune femme en buste.

488 *bis* — OUTAS (Chansons). — Douze petites pièces en longueur portant pour la plupart des chansons manuscrites.

Les peintures sont jolies et les écritures d'un élégant style décoratif.

489 — RENZAN KISHIHAROU. — Paysage au bord de l'eau.

Jolie peinture à l'encre de Chine. Monture simple.

490 — SADANOBOU. — Mandzaï (monture ancienne).

491 — SHÏNHAKOU. — Bambous auprès d'un petit rocher de forme bizarre.

Peinture à l'encre de Chine, fort habilement exécutée par un observateur qui savait voir la nature. Monture ancienne.

492 — SHÏNSÔOU. — Paysage au bord de l'eau.

Peinture à l'encre de Chine, large et puissante, donnant une étonnante impression de la nature avec quelques traits et quelques taches savamment posées. Les vieux artistes du Nippon ont été les plus grands évocateurs du monde. Parce que leurs cerveaux synthétisaient la nature en des formules essentielles, nous reconstruisons, en admirant leurs œuvres, tout ce qu'ils ont volontairement omis. Shïnsôou fut un des illustres maîtres du XVe siècle. Cette peinture, qui suffirait à le prouver, si on l'ignorait, a été montée avec un grand goût dans une tonalité simple et douce. Elle n'est point signée mais porte le cachet du maître.

493 — SOJÏNSEN. — Jeune courtisane tenant un éventail.

Peinture gracieuse doucement colorée et largement dessinée. Monture ancienne.

494 — SHIOUGOUN. — Oiseau sur une branche d'arbre en fleurs.

Cachet du peintre. Jolie monture.

495 — SOUMIYOSHI-SHIROMORI. — Promenade sur l'eau en hiver. Une barque portant un noble couple, aborde auprès d'un pin couvert de neige.

Composition charmante, montée harmonieusement.

496 — TOSA MITSOUKATA. — Portrait d'un Daïmio assis : son bras droit repose sur une petite table portant un livre; à gauche, auprès de lui, son sabre.

Monture élégante, ancienne.

497 — Un lot de peintures et dessins sur soie et papier, dont plusieurs montés en kakemonos.

Ce lot sera fractionné par les soins de l'Expert.

OBJETS DIVERS

---

498 — Un lot de foukoussas et de vieilles étoffes japonaises.

Statuette de bouddha dans une petite chapelle portative.

Pièce ancienne bien conservée.

Deux statuettes en bois, dont l'une, peinte, représente un des six poètes.

Un petit canon en bronze, élégamment orné de sculptures et monté sur affût fixe en bois. Il porte le mon d'Arima.

Petite pipe prismatique en fer, d'une forme charmante; elle est incrustée d'argent et décorée d'une araignée filant sa toile. Les deux extrémités sont en argent.

Signée : Kadzounori.

Deux agrafes de manteau, en fer, incrustées d'or et d'argent. La première, forgée en forme de libellule, est d'une exquise élégance. La seconde, non moins belle, quoique de forme non définie, porte un dragon incrusté sur chacune de ses branches.

Monture de peigne en fer, forgé et incrusté d'or, d'argent et de bronze. Elle est décorée de fleurs de prunier d'un sentiment décoratif charmant et d'un naturel exquis.

Étui à poésies, en soie brochée et richement brodé. Décoré de deux personnages chinois sous un arbre en fleurs.

Deux porte-pinceaux ou écritoires, en bronze repoussé, et ciselé.

Et divers objets non classés.

C. MARPON ET E. FLAMMARION, RUE RACINE, 26.

www.ingramcontent.com/pod-product-compliance
Ingram Content Group UK Ltd.
Pitfield, Milton Keynes, MK11 3LW, UK
UKHW021107260726
13994UKWH00002B/752

9 782329 386300